# 고요의 코끼리

# 고요의 코끼리

초판 1쇄 인쇄 · 2025년 4월 20일
초판 1쇄 발행 · 2025년 4월 25일

지은이 · 김동숙
펴낸이 · 한봉숙
펴낸곳 · 푸른사상사

주간 · 맹문재 | 편집 · 지순이 | 교정 · 김수란, 노현정 | 마케팅 · 한정규
등록 · 1999년 7월 8일 제2-2876호
주소 · 경기도 파주시 회동길 337-16 푸른사상사
전화 · 031) 955-9111(2) | 팩스 · 031) 955-9114
이메일 · prun21c@hanmail.net
홈페이지 · http://www.prun21c.com

ⓒ 김동숙, 2025

ISBN 979-11-308-2239-6  03810
값 18,000원

저자와 합의하여 인지는 생략합니다.
이 도서의 전부 또는 일부 내용을 재사용하려면 사전에 저작권자와
푸른사상사의 서면에 의한 동의를 받아야 합니다.
이 도서의 표지 및 본문 레이아웃 디자인에 대한 권한은 푸른사상사에
있습니다.

69
푸른사상
소설선

김동숙 소설집

# 고요의 코끼리

작가의 말

경적 소리에 눈을 떴다. 깜박 잠이 든 동안 신호등은 초록색으로 바뀌어 있었다. 그러나 차량의 물결을 눈으로만 좇으며 머뭇거렸다. 알 수 없었다.

어디에 있는지, 어디로 가던 중이었는지.

헤드라이트가 뿜어내는 불빛들은 또렷하게 눈부시었지만, 어둠에 잠긴 주변 풍경들은 흐릿하게 낯설었다. 신호대기 하는 그 짧은 시간 동안, 시공간을 분간할 수 없을 정도로 깊은 잠에 들었던 스스로는 더욱 낯설었다. 그러나 나와 마찬가지로 고단한 하루를 마쳤을 차량들은 기다려주지 않았다. 멈추지 않는 경적 소리에 떠밀려 무작정 나아갈 수밖에 없었다. 핸들을 꽉 붙들고 가속 페달을 밟았다. 나 자신을 잃어버릴지도 모른다는 두려움에 눈물을 조금 흘린 것도 같았다.
오롯이 글을 쓸 수 없는 나날이었다.
백미러에 불안한 눈길을 무연히 던지다 뒷좌석의 누군가와 시선이 마주쳤다. 그 누군가는 차 안의 소리 없는 혼란을 무릎하게 감싸며 고요히 앉아 있었다. 고요의 코끼리는 아무런 말도 하지 않았지만 대단히 중요한 일이 일어났다. 알 수 있었다.

어디에 있는지, 어디로 가야 할지.

첫 독자인 큰딸 권예림과 제 글을 아껴주시는 모든 분에게 고마움을 전한다. 독자들의 격려와 지지가 있었기에 두 번째 소설집 『고요의 코끼리』를 펴낼 수 있었다. 앞으로 나아갈 수도, 뒤로 돌아갈 수도 없는 긴 터널 앞에서 내게로 와주었던 고요의 코끼리. 이 책을 읽는 분들도 자신 안의 고요의 코끼리를 만날 수 있었으면 좋겠다. 천천히, 조금씩.

혹 고요 지역을 여행하다가 코끼리를 만나면 그 행운을 즐겁게 받아들이시길 바랍니다.
고요의 코끼리가 잠시 당신에게로 왔습니다.

2025년 봄
김동숙

## 차례

작가의 말 ......... 5

가장 최근에 만난 사람 ......... 9
고요의 코끼리 ......... 35
노란색 삼선 슬리퍼 ......... 61
짠바람이 불고 있다 ......... 83
불편한 쪽으로 앉으세요 ......... 113
눈부처 ......... 133
낙원 다푸르로 가는 밤 ......... 153

작품 해설 정동의 관계론 혹은 감응의 사회학
_ 임정연 ......... 199

# 가장 최근에 만난 사람

　크리스마스트리가 보이는 카페로 가자고 한 쪽은 여자였다. 어둠이 내리면서 기온이 영하로 떨어졌고, 창 너머에는 오가는 사람이 드물었다. 전구로 장식한 크리스마스트리만이 얼어붙은 광장을 묵묵히 밝히고 있었다. 계산을 마친 곰이 여자를 찾아 두리번거렸다. 먼저 자리를 잡아 둔 여자는 곰을 향해 손을 흔들었다. 옆 테이블에서 차를 마시던 사람들이 곰을 쳐다봤다. 여자는 사람들의 시선을 따라 살펴보았다. 걸어오는 곰의 몸이 뒤틀리며 움찔거렸다. 한껏 붉어진 얼굴을 숙이고, 여자의 눈길을 피했다. 여자는 다리를 바꿔 꼬았다. 곰에게 실수를 하거나 기분을 상하게 한 일은 없었나 되짚어보았다. 올해가 가기 전에 만나자고 한 쪽은 곰이었다. 내일은 올해의 마지막 날인 12월 31일이었다.

　그날 저녁 여자는 맥도날드 앞에서 곰을 만났고, 추위를 피해 맥도날드 안으로 들어갔다. 테이블에 앉으면서 수봉이는 언제 오냐고 물었다.

곰은 수봉이와 나눈 카톡을 보여주면서 지금 퇴근하고 아르바이트 중이라고 했다. 친구를 대신해 갑자기 편의점 카운터를 맡게 되었다고 전해주었다. 여자가 눈만 깜박거리자 덧붙였다. 여친 생일을 챙길 수 있도록 도와달라는 친구의 부탁을 거절할 수 없었던 것 같다고. 여자가 들여다본 핸드폰 화면에는 아무래도 가기 힘들다는 카톡이 남겨져 있었다.

"수봉이는 본 지 오래되었는데."

곰은 여자의 말을 그대로 전하지 않았다. 여자가 꼭 보고 싶어 한다고 답장했다. 여자는 곰의 과장에 어이가 없었지만 내색하지 않았다. 대안학교 때부터 곰이라 기억하게 된 곰은 여전히 곰다웠다. 말이나 행동을 부풀리는 모습은 키우다 잃어버린 강아지를 생각나게 했다. 작은 애정 표현에도 반응이 유난스러웠던 곰은 귀엽기도 했지만, 때론 성가시기도 했다.

"바쁘다니 다음에 보면 되겠네. 괜찮다고 전해줘."

여자가 마음에도 없는 말을 하자 곰이 다시 카톡을 주고받았다. 곰의 턱 밑에 바짝 당겨진 핸드폰에서 어떤 말이 오고가는지 알 수 없었다. 수봉이를 본 지 오래되었다고 해서 수봉이를 꼭 보고 싶어 했던 것은 아니었다. 곰과 단둘이 만나는 자리가 부담스러웠을 뿐이었다. 그러나 수봉이가 약속을 지키려 노력하지 않았다는 사실에 약간 서운함을 느꼈다. 카톡을 마친 곰은 식사를 하면서 기다리자고 했다. 수봉이가 늦게라도 오겠다고 했다며 여자의 기분을 달랬다. 여자는 그제야 곰의 핸드폰에서 눈을 떼고 맥도날드를 나섰다.

곰은 걸으면서 엄마와 점심에 외식을 했다고 했다. 여자는 곰의 엄마를 몰랐다. 대화가 끊겼다. 2년 만이라 서로 나누고 이어오던 화제를 찾기 힘들었다. 여자도 곰처럼 그날 있었던 일을 말해주었다.

"딸을 학원에 데려다주고 오는 길이야."

곰은 여자의 딸을 알았다. 딸이 지금 몇 학년이냐고 물었다. 여자는 중학생이라고 알려주었다. 곰은 그동안 딸이 많이 자랐다며 새삼 놀라워했다.

"그때 초등학생이었죠?"

"키가 부쩍 커서 못 알아볼걸."

"당연히 공부도 잘하겠죠?"

"그럼 공부도 제법 하지. 중학교에 입학하자마자 부반장도 했어."

칭찬을 늘어놓던 여자는 차 안에서 했던 딸과의 말다툼을 떠올렸다. 목소리가 높아졌고, 결국 곱지 않은 말들이 오고 갔다. 겨우 한 시간 뒤 미소를 머금고 칭찬을 하려니 거북스러웠다. 그러나 엄마와 점심에 먹었던 돈가스가 맛있었다는 곰 앞에서 표정 관리를 했다. 맥도날드와 가까운 곳에 참치횟집이 있었다.

각각 알탕과 내장탕을 먹고 있는데 수봉이한테서 출발한다는 전화가 왔다. 서둘러 식사를 마친 여자는 밥값을 내려고 내민 곰의 손을 여러 번 밀쳐냈다. 곰은 아슬아슬하게 시험을 통과하지 못한 사람처럼 아쉬워하며 몸을 꼬았다. 곰의 과장된 행동은 좀 전과 달리 여자를 기쁘게 했다. 만날 때마다 밥값을 내려는 곰을 허락해주지는 않았지만, 이 점만은 분명해졌다. 최소한 곰은 밥이나 얻어먹으려고 연락하는 몰염치한 청년은 아니거나, 설사 그렇다고 해도 속마음과 다른 몸짓이라도 취할 줄 아는 예의 있는 젊은이라는 거였다. 여자의 목소리가 한결 가벼워졌다.
"프린스로 가자. 거기에서는 크리스마스트리가 보이잖아."
여자는 2년 전에도 곰과 차를 마셨던 카페로 향했다. 앞장서는 여자를 곰이 머뭇거리며 따라나섰다.

참치횟집에서 나와 모퉁이를 돌자 바로 카페가 나왔고, 그 앞에 광장이 있었고, 탁 트인 광장 한가운데 2층 건물 높이의 크리스마스트리가 있었다. 고유가 시대에 맞지 않게 아낌없이 전구를 밝혀놓은 크리스마스트리는 눈부셨다. 여자는 수백 개의 불빛이 이룬 형상에서 곰에게로 그리고 곰에게서 다시 수백 개의 불빛이 이룬 형상으로 시선을 옮겼다. 밋밋한 인조나무가 전구와 별과 화환 같은 화려한 장식물로 빛나고 있었다. 곰은 이미 그날 맥도날드로 혼자 걸어오면서, 그리고 2년 전 여자와 함께 광장을 지나가면서도 보았던 크리스마스트리를 새삼스럽게 눈을 가늘게 뜨고 바라보았다. 여자는 자신도 모르게 턱을 치켜들었다. 마치 몇몇 사람들만 알 수 있는 은밀한 장소로 안내해준 것처럼 의기양양한 표정을 지었다. 곰은 크리스마스트리를 배경으로 셀카를 찍었다. 여자는 충분히 즐길 수 있도록 기다려주었다.
"와! 크리스마스트리가 훨씬 근사해졌네요."
곰이 각도를 바꾸며 사진을 찍는 동안 여자는 버스 정류장과 지하철 출구가 있는 광장 너머를 바라보았다. 해마다 광장에 세워지는 인공 조형물보다 마음을 바꿔 급하게 오는 수봉이를 기다리는 것이 더 중요했다.

언젠가부터 어린 시절 여자를 설레게 했던 캐럴이나 크리스마스트리에 별 감흥이 일어나지 않았다. 시간이 흐를수록 사람이든 사물이든 가슴을 뛰게 하는 대상은 점점 찾기 힘들어졌다. 그러나 생기 없는 인조 나무 같은 무료한 일상에 그대로 주저앉고 싶지는 않았다. 스스로도 알아차리지 못했지만, 본능적으로 나이에 걸맞게 삶을 장식할 방법을 찾으려 했다. 어쩌면 이제는 다른 사람을 감동시키면서 그 감동받은 모습에 가슴 벅차오르는 순간을 즐기고 있는지도 몰랐다. 사소한 일에도 곧잘 감동하는 곰이 대형 크리스마스트리로 그날의 만남을 특별하게 기억해준다면, 그것만으로도 만족스러웠다. 곰이 여자에게 핸드폰을 내밀었다.

"같이 찍으실래요?"

"수봉이가 기다리잖아."

여자는 굳이 자신까지 크리스마스트리 장식물이 되고 싶지 않았다. 언제 올지도 모르는 수봉이 핑계를 대며 카페로 발길을 돌렸다.

연말이라 카페는 몹시 붐볐다. 광장이 잘 보이는 창가 자리는 이미 다른 사람들이 앉아 있었다. 어쩔 수 없이 창가에서 떨어진 테이블에 앉을 수밖에 없었다. 곰은 진동벨을 만지작거리며 여자의 시선을 계속 피했다. 여자는 나름 짐작했다. 곰의 얼굴이 붉게 달아오른 건 크리스마스트리를 제대로 볼 수 없는 자리 때문이라고. 아니면 찻값을 계산할 수 있도록 양보해준 자신의 헤아림을 오해한 거라고. 그리고 단지 그 이유들 때문이라면 차라리 다행이라고. 이렇게 단순하게 정리하자 안도가 되었다. 그러나 곰을 쳐다보던 옆 테이블 사람들의 시선이 떠올라 다시 다리를 바꿔 꼬았다. 곰의 얼굴이 밝아진 건 주문한 차가 나온 후부터였다.

곰은 다이어트를 위해 당분이 조금도 들어가지 않은 차를 마시고 있다고 했다. 그리고 다이어트에 성공했다고 자랑했다.

"지난번에 티셔츠를 사주려고 하셨는데 맞는 옷이 없었잖아요. 그때 제가 충격받고 이번에 운동도 하고, 음식 조절도 하면서 3주 만에 몸무게를 16kg 정도 줄였어요. 어떤 날은 하루에 1kg이나 뺐다고요."

곰은 청바지의 벨트를 움켜쥐고 앞으로 잡아당겼다. 헐렁한 바지춤에는 양 주먹이 들어가고도 남을 여유 공간이 생겼다.

"대단하네."

여자는 감탄하는 표정을 지어 보였다. 그러나 충전재가 잔뜩 들어간 겨울 패딩은 곰의 감량을 제대로 가늠할 수 없게 했다. 먼저 알아차리지 못했던 건 딸과의 말다툼 때문만은 아니라는 생각이 들었다.

심란한 마음에 한껏 다리를 바꿔 꼬자 의자가 들썩거렸다. 2년 전 곰이 가만히 앉아 있지를 못했다면, 그날은 여자가 그랬다. 어느새 자라 사춘기를 맞은 딸로 인해 은근히 속을 끓이고 있었다. 여자의 아주 작은 사랑과 희생에도 감동하던 딸은 더 이상 감사하는 마음을 담은 공손한 태도를 보이지 않았다. 딸의 탄생과 성장을 통해 삶의 새로운 의미들을 얻게 되었다면, 그 삶의 의미들이 흔들리고 무색해지고 있었다.

여자는 마음을 가라앉히기 위해 따뜻한 찻잔을 두 손으로 감쌌다. 차 한 모금을 머금으며 곰이 했던 말들을 곱씹자 사레가 들려 헛기침을 했다. 여자가 티셔츠를 사주려 했던 '지난번'은 2년 전이었다. 곰이 다이어트를 시작했다는 '이번'은 한 달 전이었다. 최근의 일이었다. 그러니까 '지난번'과 '이번' 사이에는 2년 가까운 시간의 간격이 존재했다. 그 시간의 간격을 감탄사와 함께 매끄럽게 넘길 수 없었다. 여자는 냅킨으로 입가를 닦았다.

칭찬받은 곰은 어떻게 다이어트에 성공했는지 계속 떠벌렸다. 여자는 흥미로운 척 간간이 맞장구를 쳐주었다. 수봉이는 아직 오지 않았고, 여자는 시간의 간격에 집착하느라 다른 화제도 떠오르지 않았다. 무엇보다 두 사람의 대화에서 곰의 몸무게가 빠진 적이 없었다. 몇 kg이 어떻게 줄고 늘어 현재의 몸무게는 정확히 몇 kg인지 시시콜콜 알려주고는 했다. 그 바람에 연도별 곰의 체중 변화 그래프까지 그릴 수 있을 지경이었다. 곰이 여자의 수업을 들었을 때, 그러니까 여자가 처음 곰을 알게 되었을 때, 곰의 몸집은 꽤 평범했다. 곰의 몸무게는 병원에 입원한 뒤부터 고무줄처럼 상당한 신축성을 갖게 되었다.

졸업을 앞둔 곰이 갑자기 보이지 않았다. 조울증 치료를 위해 입원했다는 소식을 듣고 여자는 병문안을 갔다. 여자의 수업을 듣던 몇몇 학생들과 초등학생이었던 딸이 동행했다. '지난번'보다 1년 전이었고, '이번'보다는 3년 전이었다. 몇주 만에 병원 복도에서 맞닥뜨린 곰은 흡사 급건조시킨 생선 같았다. 20kg이 줄었다고 했다. 퇴원하고 1년 뒤 다시 만났던 '지난번'에는 곰을 못 알아볼 뻔했다. 50kg이 늘었다고 했다. 병원에 있을 때 앙상하게 뼈만 남았던 곰이 딱 두 배로 늘어났다. 100kg이라고 했다. 그리고 '이번'에는 16kg이 줄었다고 했다. 74kg은 180cm가 넘는 곰의 키를 감안하면 약간 마르긴 했어도 일반적인 청년의 몸무게였다. 육중한 체구로 눈에 띄던 곰은 이제 눈에 띄지 않는 몸집으로 되돌아왔다. 곰은 식사 대신 먹었던 야채샐러드도 여자에게 권해주었다.

야채샐러드에 넣었다는 야채의 종류에 대해 들으면서 여자는 저울질해보았다. '지난번'의 충격이 '지난번'과 '이번' 사이의 시간의 간격보다 클 수 있었을까. 까닭을 알 수 없었지만 2년이란 시간의 간격을 그럭저럭 넘길 수가 없었다. 곰의 말대로 '지난번'의 만남은 호들갑을 떨 정도는 아니더라도 가벼운 충격을 주었다. '지난번' 탈의실 밖으로 나온 곰은 조금 전처럼 고개를 푹 숙이고 시선을 피했다. 약간 올라간 눈꼬리에서 탈의실 밖으로 끝까지 불러낸 여자에 대한 질책이 느껴졌다. 전혀 예상하지 못했던 광경을 맞닥뜨린 여자 역시 당황하기는 마찬가지였다. 가장 큰 사이즈인 XL의 티셔츠는 꽉 끼어 찢어질 것만 같았다. 100kg의 곰에게 맞는 티셔츠는 매장에 없었다. 거울 앞에 선 곰은 그 커다란 몸을 움찔거렸다. 여자는 결국 곰에게 티셔츠를 선물하려던 계획을 포기하고 말았다. 일부러 곰을 무참하게 만들기 위해 체구보다 한참 작은 옷을 입으라고 강요한 건 아니었다.

탈의실 문이 열리기 전까지 꽤 괜찮은 상상을 했다. 딸밖에 없었던 여자에게는 새로운 경험이었고, 만약 아들이 있었다면 이런 느낌일까 들뜨기까지 했다. 티셔츠를 직접 골라주고, 탈의실 거울 앞에 나란히 서서 잘 어울린다는 칭찬을 해주고, 지갑에서 흔쾌히 카드를 꺼내 계산한 뒤 선물해주고 싶었다. 이 모든 소소한 과정을 의식처럼 치른 뒤라면, 저렴한 티셔츠의 선물이라도 더 큰 효과를 주리라 믿었다. 의미가 퇴색될까 입 밖으로 꺼내본 적은 없었지만, 그것은 바로 감동이었다. 여자는 다른 사람들과의 관계에서 바랄 수 없는 감동을 곰과의 만남에서 늘 기대했다. 곰과의 인연 자체가 평범한 삶에 좀 더 의미를 부여하고 있다고 화장대 서랍 속 다이어리에 한 줄 적어두었다. 그리고 곰이 잊지 않고 연락해 올 때마다 자신이 했던 의미 있는 일들을 돌이켜 펼쳐내었다. 그 추억만으로도 활기를 얻어 몇 년은 젊어진 기분이 들었다.

스스로 의미를 부여한 행위는 다른 사람들의 눈에 대단하지 않을 수도 있었다. 그러나 월요일과 수요일 그리고 금요일의 수학 수업을 위해 여자는 무려 2년 가까이 일상의 여유를 희생했다. 딸을 학교에 보내고 잠시 쉬거나 친구들과 차를 마시며 담소 나눌 시간 중 엄연히 사흘을 양보해야 했다. 주차 공간도 없는 대안학교로 가기 위해 비가 오거나 눈이 오거나 대중교통을 이용해야 하는 불편을 감수하기도 했다. 그리고 무엇보다 여자는 복지재단의 후원으로 운영되는 대안학교에서 돈으로 환산될 수 있는 그 어떤 대가도 받지 않았다.

대학 시절 교양 강의에서 교수가 말했던 인간을 고결하게 하는 순수한 행위를 비로소 실천하고 있다고 믿었다. 어느 유명한 철학자가 주장했다는 순수한 행위란 인간만이 실천할 수 있다는 대가를 바라지 않는 헌신이었다. 여자가 얼마나 자부심을 느끼는지는 말할 때의 어조만 들어도 알 수 있었다. 순수한 행위에 대해서 말할 때 여자의 목소리는 친구들이 눈치챌 정도로 느리고 부드러웠다. 가족들도 모처럼 여자를 지지하고 응원했다. 남편은 부부 동반 모임에서 대가를 바라지 않는 순수한 행위에 대해서 은근슬쩍 화제를 삼았고, 딸은 여자를 따라 대안학교 행사에 참석한 경험을 글로 써서 상을 받기도 했다. 정작 여자를 지치게 했던 부분들은 따로 있었다.

 장마철 넘쳐흐르는 빗물에 아끼는 구두가 망가졌을 때, 겨울철 버스를 기다리며 한참을 추위에 떨었을 때, 주차 공간도 없는 그 낡은 건물이 몹시 지겨워졌다. 결국 심한 독감에 걸렸던 어느 겨울날, 여자는 가르치던 학생들이 졸업하면 더 이상 그 낡은 건물의 계단을 밟지 않겠다고 결심했다. 그래서 곰이 고졸 검정고시에 합격하고 직업훈련을 받기 위해 떠날 때까지 인내심을 갖고 견디었다. 그때까지 단 한 번의 수업도 포기하지 않았다. 곰은 그런 여자에게 감동했고, 여자도 곰에게 감동을 주려고 노력했다. 그러나 탈의실 거울 앞에 나란히 서 있던 두 사람 사이에 흐르던 차가운 공기는 여자를 당황하게 했다. 꽉 끼는 옷을 입고 매장 한복판에 서 있도록 강요받았던 수치심과 자신의 경솔에 낙담할 수밖에 없었던 자괴감이 매장을 떠도는 먼지처럼 분명 존재했다. 여자는 또다시 다리를 바꿔 꼬았다.

 '지난번'의 기억을 '충격'이라고 콕 짚어 표현한 곰에게 의구심이 들었다. 왜 곰은 '지난번' 충격 뒤에 아무런 노력도 하지 않다가, 2년이라는 시간이 흐른 뒤에 다이어트를 했을까. 다이어트에 성공한 뒤 여자에게 연락을 한 이유는 무엇일까. 시간의 간격에 민감하게 구는 것 자체가 다른 사람들보다 숫자에 집중하는 탓이라 돌리려 해도 쉽지가 않았다. 수학에서의 증명처럼 여러 가정을 세우고 이리저리 돌처럼 굴리다 결론을 내렸다. '지난번'의 충격 이외에도 '지난번'과 '이번' 사이에 다른 무엇이 있었을 거라고. 곰은 아직도 자신이 시도했던 다양한 야채샐러드 이야기에 푹 빠져 있었다.

야채의 종류에서 이제 막 드레싱 소스로 넘어가던 참이었다. 곰의 입맛에는 산뜻한 발사믹 드레싱이 가장 잘 맞았다고 했다.
"귀찮아서 가끔 올리브오일과 발사믹 식초만 뿌려서 먹었는데요. 번거로워도 다진 양파를 꼭 넣어줘야 해요. 약간, 그 약간이 올리브오일의 느끼한 맛을 잡아주더라고요."
곰은 엄지와 검지를 모아 작은 동그라미를 만들어 보였다. 여자의 관심은 다시 곰의 야채샐러드로 돌아왔다. 그럼 야채샐러드를 매일 직접 만들어 먹었냐고 물어보려는데 수봉이에게서 전화가 왔다. 버스 정류장에서 내려 이제 막 광장이라고 했다.
"여기가 어디냐면……."
카페의 위치를 알려주려던 곰의 말문이 막혔다. 여자가 옆에서 거들었다.
"광장의 크리스마스트리와 마주한 카페라고 해. 프린스!"
곰은 여자의 말을 받았다.
"광장의 크리스마스트리와 마주한 카페야."
곰은 잠시 말을 멈추었다가 아주 조심스럽게 목소리를 낮추었다.
"프린젤. 보인다고? 맞아, 프린젤. 어서 와."

통화를 끝낸 곰은 핸드폰을 도로 테이블 위에 놓으려고 했다. 여자가 계속 핸드폰을 쳐다보자 슬그머니 패딩 주머니에 집어넣었다. 여자의 교묘한 압력을 이번에는 받아들이지 않겠다는 단호함으로 보였다. 여자가 참지 못하고 곰에게 물었다.

"여기 프린스 아닌가?"

곰은 또다시 고개를 숙이고 시선을 피했다.

"2년 전에도 프린스 여기서 차를 마셨잖아."

"예, 여기서 차를 마셨어요."

곰의 대꾸에는 여전히 '프린스'라는 단어가 빠져 있었다. 여자는 곰에게 보여주려고 찻잔을 눈높이까지 들어올렸다. 그러나 도자기 컵에는 아무런 상호도 쓰여 있지 않았다. 여자는 좀 더 신경을 모으고 카페 안을 둘러보았다. 광장을 지날 때마다 얼핏 보았던, 그리고 곰과 함께 두 번째 찾은 카페가 갑자기 낯설게 느껴졌다. '프린스'란 세 글자는 생각보다 쉽게 눈에 띄지 않았다. 익숙하지 않은 공간에 처음 들어섰을 때처럼 차근차근 내부를 둘러보았다. 그리고 가까스로 상호를 발견할 수 있었다. 맞은편 구석에 작은 나무 간판이 걸려있었다. '프린젤.'

멋쩍어진 여자는 헛웃음을 흘렸다. 이름도 생소한 상호였다. 크리스마스트리가 보이는 '프린스'로 가자고 했을 때 머뭇거렸던 곰의 발걸음이 떠올랐다. 평소 즐겨 찾지 않는 카페라 간판을 대충 흘려 읽었고, 좀 더 친숙한 단어로 바꾸어 기억해버린 것 같았다.

"어떻게 나는 여기를 프린스라고 알고 있었지. 2년 전 우리가 만났을 때도 프린젤이었나?"

곰은 고개도 끄덕이지 않았다. 테이블만 쳐다보았다. 여자는 계속 웃고 있을 수밖에 없었다. 그러나 곰은 따라 웃지 않았다. 여자는 무안했지만 2년 전 탈의실 거울 앞에서 이미 낙담을 경험했던 터라 견딜 만했다.

탈의실 거울 앞에서 여자는 아주 잠시 흔들렸다. 기성세대와 별반 다를 바 없는 완고한 사람으로 여겨질까 순간 아득했다. 대가를 바라지 않는 헌신을 실천하고 있다고 믿는 자만이 지을 수 있는 고결한 표정이 무너졌다. 거울에 비친 입가의 주름이 선명한 중년이 자신이 아니길 바랐다. 그러나 결혼을 하고 딸을 낳은 여자는 곰보다 세상의 경험이 풍부했다. 곰이 매력적으로 느낄 만한 제안을 했다. '지난번'에도 크리스마스트리가 보이는 카페로 가자고 한 쪽은 여자였다.

운 좋게도 크리스마스트리가 바로 내다보이는 창가에 앉을 수 있었다. 그러나 탈의실 거울 앞에서 그 커다란 몸을 움찔거렸던 곰은 카페로 옮긴 후에도 여자가 목소리를 높이거나 크게 웃으면 움찔거렸다. 여자는 가만히 앉아 있지 못하는 곰을 지켜보다 창밖의 크리스마스트리를 바라보곤 했다. 화려한 장식물조차 없었다면 춥고 어두운 광장에 홀로 서 있는 크리스마스트리는 너무 쓸쓸했을 거라고 가만가만 감상에 젖기도 했다. '지난번'에도 먼저 만나자고 한 쪽은 곰이었다.

여자는 매번 잊지 않고 연락을 해 오는 곰을 바라보았다. 엄마 품을 차츰 벗어나려는 딸을 향한 사랑처럼, 스스로 의미를 부여한 순수한 행위는 그 어디쯤에 끝이 기다리고 있을지도 몰랐다. 곰의 연락을 받은 여자는 한편으로는 망설이면서, 또 한편으로는 반가워하는 자신을 발견했다. 2년이란 시간은 부정적인 감정들은 희석시키고, 긍정적인 감정들은 부각시키기에 충분했다. 과장된 구석이 가끔 불편했지만, 감사하는 마음을 담은 곰의 공손한 태도는 자신을 좀 더 나은 사람으로 느끼게 했다. 그날도 여자 스스로 착각을 깨달을 때까지 직접적으로 지적하지 않았다. 예, 여기서 차를 마셨어요, 라고만 했다. 곰이 어떻게 조울증을 앓게 되었는지는 몰라도 반듯한 가정에서 자랐음에 틀림없다고 혼자 고개를 끄덕거렸다. 수봉이가 광장의 차가운 공기를 품고 나타났다.

두 사람에서 세 사람이 되자 대화는 활기를 띠었다. 곰과 수봉이는 여자의 수업을 함께 들었던 친구들이 누구와 사귀었는지, 누구와 헤어졌는지, 무슨 일을 하고 있는지 번갈아 들려주었다. 그러나 추억을 되새기고 나자 곰과 단둘이 만났을 때처럼 서로 나누고 이어오던 화제를 찾기 힘들었다. 세 사람은 서로의 생활이 너무도 다르다는 걸 곧 깨달았다. 여자는 그 낡은 건물을 떠난 뒤로 딸과 가정에만 충실히 지내느라 청년들이 어떻게 살아가는지 몰랐다. 같은 또래이지만 아직 취업을 하지 않은 곰과 전문대를 나와 직장 생활을 하는 수봉이 역시 공통된 화제가 없었다. 여자의 수업을 들었던 학생들 중에 유일하게 대학을 간 수봉이가 대학 생활 이야기를 했지만 학비를 벌기 위해 알바한 것이 전부였다. 곰이 자신도 대학을 준비해볼까 생각 중이라고 했지만 아무도 귀담아듣지 않았다. 곰이 다시 움찔거리고, 수봉이가 하품을 할 때마다 크리스마스트리가 잘 보이는 창가에 앉았다면 분위기가 사뭇 달라지지 않았을까 여자는 조바심이 났다.

"창가 자리를 잡으려고 했는데 연말이라 힘들었어. 곰하고 재작년에 만났을 때는 창가에 앉았었는데."

살짝살짝 졸다 깨어난 수봉이가 카페를 둘러보았다.

"창가에 앉았으면 멋있었겠네요."

여자는 대안학교에서부터 궁금해하던 걸 수봉이에게 물어보았다.

"수봉이는 공부도 잘했잖아. 어쩌다 정규학교 대신 대안학교를 다니게 된 거야?"

수봉이가 뜸을 들이다 입을 열었다.

"한동안 열두 명의 가족이 다 함께 살 수가 없었어요. 저하고 바로 밑의 남동생은 할아버지한테 가서 살았는데……. 전학시켜줄 사람이 없어서 학교를 다니지 못했거든요."

수봉이는 대안학교에서 형제 많은 집 장남으로 유명했다. 부모님이 종교적 신념을 따라 생기는 대로 낳다 보니 보기 드문 대가족이 되었다고 했다.

"저런, 어린 나이에 얼마나 힘들었을까."

여자가 자신의 이야기에 귀를 기울이자 수봉이는 말을 멈추지 않고 태어나서 처음으로 요리한 계란찜에 대해서 들려주었다.

"할아버지는 눈만 뜨면 일하러 나가시니까 집에 먹을 거라곤 하나도 없었어요. 남동생이 배가 너무 고프다고 해서 처음으로 요리라는 걸 시도해보았어요. 냉장고에 계란이 몇 개 있어서 계란찜을 만들어 먹자고 했죠. 엄마가 집에서 해줄 때는 엄청 쉬워 보였거든요. 그런데 간을 어떻게 맞추어야 되는지 모르겠더라고요. 싱크대를 열어보니까 후추통

밖에 없어서 후춧가루를 뿌렸는데 아무 맛도 안 나는 거예요. 남동생이 후춧가루를 더 많이 넣어야 될 것 같다고 해서 맛이 날 때까지 계속 뿌리다가, 반통은 족히 넣었을까? 나중에는 엄청 매워진 거예요. 남동생이 아무 맛도 없고, 매워서 도저히 못 먹겠다고 하더라고요. 배가 정말 고픈데도 다 버렸어요."

여자와 곰은 후춧가루를 잔뜩 뿌린 계란찜에 완전히 매료되었다. 여자는 더 이상 다리를 바꿔 꼬지 않았고, 곰도 움찔거리지 않았다.

"지금은 계란찜 정도야 간단하게 해 먹지만, 그때만 해도 아무것도 몰랐던 거죠."

여자는 계란찜 앞에서 쩔쩔매는 어린 수봉이를 상상하며 부드러운 미소를 지었다. 앞으로 수봉이 이름은 잊어버려도 후추 계란찜만은 오래 기억할 것 같았다.

"저는 라면을 처음 끓이다 냄비를 태워먹고, 엄마에게 국자로 맞았잖아요."

'후추 계란찜'에 비해 '태워먹은 냄비'는 많이 들어본 이야기였지만, 여자와 수봉이는 웃어주었다.

대안학교에서의 친근감을 회복한 여자뿐만 아니라 곰과 수봉이도 대화가 이어질 수 있도록 계속 노력했다. 새해에는 곰도 수봉이도 운전면허를 따겠다고 했다. 운전면허를 따서 제일 먼저 여친과 드라이브를 해보고 싶다고 했다. 그러려면 여친부터 만들어두어야 한다고도 했다. 그리고 당장 드라이브를 하고 싶다고 했다. 여자는 어차피 일어설 시간이 되었다. 딸을 데리러 학원에 가야 했다. 학원에서 가까운 거리에 여자가 자주 찾는 호수공원이 있었다. 딸의 반응이 걱정되었지만, 두 사람에게 좀 더 인상적인 추억을 만들어주고 싶었다.

"드라이브라도 할까?"

"어떻게요?"

"오늘 차 가지고 오셨어. 따님을 학원에 데려다주고 오셨대."

곰은 수봉이보다 여자에 대해서 더 많이 알고 있다고 아는 체를 했다.

"저 면회 오실 때도 차 몰고 오셨잖아요. 그 큰 차를 모는 모습이 정말 멋있었어요. 저도 그 차 타고 따라가고 싶었는데 자리가 없더라고요."

"왜 나는 그 차를 못 탔지?"

수봉이는 진심으로 아쉬워했다. 곰보다 먼저 검정고시를 합격하고, 일찍 대안학교를 떠났던 때였는데 기억하지 못하는 것 같았다.

"호수공원 한 바퀴라도 돌자."

여자가 차 키를 꺼내 흔들자 곰과 수봉이가 시합을 앞둔 선수들처럼 크게 기지개를 켰다.

여자의 차에 올라탄 수봉이의 눈이 커졌다. 한때는 남자들의 로망이라 불리던 차였다. 시동을 걸자 곰과 수봉이는 소풍을 나온 어린아이처럼 목소리가 높아지고, 말이 많아졌다. 여자는 10년도 더 된 중고차에 감동하는 곰과 수봉이의 소란을 즐기며 가속 페달을 밟았다.

저 멀리 추위에 떨며 서 있는 딸의 모습이 보였다. 어깨에 묵직한 책가방을 멘 딸은 덜 여문 날개를 퍼덕거리는 외롭고 가냘픈 소녀로 보였다. 잠시라도 혼자 내버려둘 수 없었던 그 작은 아가가 떠올라 가슴 한

구석이 아릿해졌다. 대가를 바라지 않는 순수한 행위가 인간을 얼마나 고결하고 황홀하게 하는지. 잊고 있던 딸에 대한 사랑으로 눈가가 촉촉해졌다.

차가 멈추자 딸은 아직도 화가 안 풀렸는지 뭉그적거리며 다가왔다. 여자는 창문부터 내렸다.

"기억나지? 병문안 갔었잖아."

곰의 얼굴을 알아본 딸의 표정이 뜻밖에도 밝아졌다. 여자는 눈치 없이 꼼작하지 않는 곰을 쳐다보았다. 곰은 수봉이보다 여자와 가깝다는 걸 뽐내려고 했는지 운전석 옆자리에 앉아 있었다.

"뒷자리로 갈래?"

화들짝 놀란 곰이 내리려고 했지만 딸이 먼저 뒷자리에 탔다. 수봉이는 서둘러 안쪽으로 들어가 딸에게 자리를 내주었다. 여자는 딸의 스스럼없는 행동에 내심 놀랐지만 마음이 놓였다. 곰 역시 마음이 놓였는지 혼잣말을 했다.

"나는 여기가 좋아."

"좋아, 이제 드라이브를 할까."

여자의 말에 차 안 모두 눈을 반짝였다. 겨울밤이지만, 아니 겨울밤이라서 히터를 켠 차 안은 안온하게 느껴졌다.

여자는 운전석에, 그 옆에 곰이, 곰 뒷자리에는 딸이, 딸의 옆자리에는 수봉이가 앉아 호수공원 주변 도로를 달렸다. 꽃도 초록색 잎사귀도 없었지만 차창 밖의 풍경은 나름 운치가 있었다. 세련되고 이국적인 카페들의 조명과 어둡고 적막한 호수공원의 가로등이 내뿜는 불빛은 제

각각 아름다웠다.

커브를 돌자 여자가 소리쳤다.

"오른쪽을 봐봐. 호수가 보이지!"

곰과 수봉이와 딸은 일제히 고개를 돌렸다. 탁 트인 호수가 나타나자 곰과 수봉이가 소리를 질렀다.

"번지점프다!"

"저기서 번지점프를 했어요!"

얼마 후 차 안의 흥분이 가라앉자 호수에 비친 가로등 불빛을 보며 모두들 감상에 젖었다.

"여친이 생기면 중고차라도 뽑아서 이 길을 드라이브해보고 싶어요."

"오늘 오길 잘했네요. 제가 얼마나 오려고 노력했는데요. 정말 다른 사람이었으면 절대 안 왔을 거예요."

곰이 몸을 뒤로 반쯤 돌리고, 수봉이의 말을 잘랐다.

"네가 카톡에서 뭐라고 했는지, 나는 알고 있어."

수봉이가 바로 맞받아쳤다.

"친구들과 있을 때 너의 행동이 어떤지, 나는 알고 있어."

곰과 수봉이가 웃었고, 여자와 딸이 따라 웃었다. 달리는 차 안의 유쾌하고도 낭만적인 분위기에 여자는 행복을 느꼈다. 목소리를 높였던 딸과의 말다툼도, 붉게 달아올랐던 곰의 얼굴도, 매끄럽게 넘길 수 없었던 2년이라는 시간의 간격도 여자를 더 이상 괴롭히지 않았다.

호수공원을 따라 놓인 1차선 도로는 짧았다. 30분 남짓한 드라이브가 끝났다. 여자는 곰과 수봉이를 버스 정류장에 내려주고, 딸과 함께 집으로 돌아갔다. 딸은 사달라고 조르던 지갑도 잊고, 곰과 수봉이가 했던 우스운 말들을 따라 했다. 한껏 기분이 좋아진 여자는 결국 지갑을 사주기로 했다. 이번에도 딸에게 지고 말았지만, 멋진 드라이브를 선물한 사람이 자신이라는 사실에 덜 울적할 수 있었다.

밤늦게 문자를 하나 받았다.

"저 수봉이에요. 저장해주세요."

여자는 기꺼이 수봉이의 연락처를 저장했다. 곰에게 다시 전화가 온 건 다음 날이었다.

딸과 함께 백화점에서 지갑을 고르고 있을 때였다. 핸드폰에 뜬 곰의 연락처를 보자 감사하는 마음을 담은 공손한 안부 인사를 기대했다. 그러나 곰은 다급한 비명을 질렀다.

"제발 도와주세요! 엄마가 구급차하고 경찰차까지 불렀어요. 아빠가 술만 먹고 들어오면 엄마를 때리니까 정신이 이상해졌나 봐요. 의사 선생님도 약만 꾸준히 먹으면 입원할 필요는 없다고 했는데, 정신병원에 강제로 데려가려고 해요. 제가 아는 분 중에 가장 합리적이고 이성적인 분이니까 엄마 좀 설득해주세요."

여자는 핸드폰을 놓칠 뻔했다. 머릿속으로 그렸던 곰의 가정환경과 달라도 너무 달라 적잖이 실망했다. 그러나 곰을 돕고 싶었다. 어제 만났던 곰은 굳이 밥값을 계산하겠다는 몸짓이라도 했으며, 스스로 깨달을 때까지 여자의 착각을 지적하지 않으려 애썼다.

곰의 핸드폰에서 낯선 여자의 목소리가 들렸다.

"어제 밤늦게까지 함께 계시던 분이세요? 제가 먹고살기 바빠서 돌보지 못했더니, 애가 자꾸 밤늦게 돌아다니고 집에 들어오지도 않더라고요. 어제는 괜찮던가요?"

"예, 제가 공부를 가르쳤을 때부터 보아왔는데 아주 착한 청년이에요. 어제도 예의 바르게 행동했어요."

"호수공원 드라이브도 데리고 가셨다면서요. 도대체 어디 사세요?"

곰의 엄마는 점점 이상한 방향으로 여자를 몰고 갔다.

"또 사라지면 찾으러 가게요. 자꾸 밤늦게 돌아다니고, 집에 들어오지도 않으니까 어떤 아줌마를 만나고 다니나 걱정되더라고요. 어디 사는지 말씀해주시면, 애 사라졌을 때 찾으러 갈게요. 어디 사시는데요?"

전화를 받기 전까지 대가를 바라지 않는 자신의 순수한 행위에 흡족해하던 여자였다. 느닷없는 모욕에 아무런 대꾸도 하지 못하고 전화를 끊어버렸다. 돌아보자 딸이 곁에서 통화 내용을 엿듣고 있었다. 12월 31일, 한 해의 마지막 날이었다.

곰에게 다시 전화가 온 건, 공기 중에 봄기운이 조금씩 느껴질 때였다. 여자는 광장에서 학교폭력 예방에 관한 서명을 받고 있었다. 최근 시민단체에서 서명운동을 부탁받고 때 이른 봄 재킷을 꺼내 입었다.

광장의 소음 사이로 곰의 긴장한 목소리가 들렸다.

"선생님, 사과드리고 싶어서 전화했어요. 저 때문에 크게 놀라셨을 것 같아서요. 그때 약을 안 먹고 돌아다녔더니 엄마가 화나서 그랬던 것 같아요. 약을 먹으면 살도 찌고, 움찔거리는 틱 장애가 생겨서 몰래 약을 끊었거든요."

 붉게 달아오른 곰의 얼굴, 급격하게 찌고 빠지는 곰의 몸무게, 2년이라는 시간의 간격을 왜 매끄럽게 넘길 수 없었는지 깨달았다. 여자는 곰을 만날 때마다 자신도 모르게 경계하고 불안해하고 있었다.

 "엄마는 2년 만의 만남이라는 걸 모르셨니?"

 "그날 정말 죄송했어요. 그때 가장 최근에 만난 분이라 가장 먼저 생각이 나서 전화를 드렸던 거예요. 제가 지난번 입원했을 때도 갇혀 있으니까 너무 힘들어서 20kg이나 빠졌거든요. 지금도 입원하고 있는데, 치매 걸린 이상한 할머니 할아버지밖에 없고 너무 힘들어요."

 여자의 한숨에 곰은 마지막 인사를 했다.

 "선생님은 정말 천사 같은 분이세요. 그동안 친절하게 대해주셔서 감사했어요."

 여자는 감사하는 마음을 담은 곰의 공손한 태도에 또다시 흔들렸다.

 "시간 되면 그날 같이 만났던 그 친구하고……, 그러니까 이름이 뭐였더라? 후추 계란찜."

 "수봉이요?"

 반문하는 곰의 어투에서 작은 실망이 느껴졌다.

 "그래, 수봉이. 시간 되면 수봉이하고 병문안이라도 갈게. 치료 잘 받아."

 여자는 전화를 끊고 광장을 둘러보았다. 크리스마스트리는 벌써 철거되었고, 봄꽃으로 장식한 대형 화단이 들어서 있었다. 화단 너머에는 '프린스'라 기억했던 프린젤 카페가 보였다. 그 앞으로 유모차를 끄는 아기 엄마가 사뿐히 걸어가고 있었다. 여자는 자신이 병문안을 가지 않으리란 걸 어렴풋이 알고 있었다. 곰과 마찬가지로 여자에게도 곰은 그때 가장 최근에 만난 사람일 뿐인지도 몰랐다.

  여자는 서명 용지를 들고 아기 엄마에게 다가갔다. 봄 재킷만큼 화사한 미소를 지었다.

고요의 코끼리

고요의 코끼리입니다.

고요 지역은 지구에 얼마 남지 않은 오지 중의 하나로 사람들에게 잘 알려져 있지 않습니다. 우주여행이 화제인 세상에서 오지에 비행운을 그리겠다는 도전의식은 더 이상 근사한 일로 주목받지 못하는 것 같습니다. 그래서인지 고요 지역 코끼리 보호에 관한 국제협약이 체결되기 전까지 동물학자들에게 제대로 된 관심을 받지 못했습니다.

더욱이 고요의 코끼리는 다른 지역 코끼리와 달리 무리 지어 생활하지 않기에 눈에 잘 띄지 않습니다. 고요의 코끼리는 어미로부터 독립하면 홀로 길을 떠납니다. 짝짓기 때를 제외하면 대체로 고요한 생활을 즐기다 홀로 죽음을 맞이합니다. 그래서인지 번식률과 생존율이 다른 지역 코끼리보다 현저히 낮습니다.

뒤늦게 고요의 코끼리를 연구한 동물학자들은 의문을 가질 수밖에 없었을 것입니다. 동물의 본능인 생존 전략 대신 고요의 코끼리는 과연 무엇을 택한 것일까요? 혹 고요 지역을 여행하다가 코끼리를 만나면 그 행운을 즐겁게 받아들이시길 바랍니다.

고요의 코끼리가 잠시 당신에게로 왔습니다.

'éléphant du Goyo', '고요의 코끼리'.

불어를 한국어로 번역한 자막이 화면 위로 흘렀다. 고요의 코끼리에 관한 다큐멘터리였다. 오래전에 제작되었는지 화질이 좋지 않았지만 독특한 습성을 지닌 고요의 코끼리는 흥미를 끌었다. 게다가 다큐멘터리를 보는 것 외에 딱히 할 일도 없었다. 백 년 만의 폭설이 내리고 있었고, 올해 들어 가장 추운 날이었다. 도로가 모두 마비되어 어쩔 수 없이 모든 일정을 취소했지만 불평을 할 수는 없었다. 내가 고요의 코끼리에 대해서 헤아리는 동안 누군가는 눈길에서 아침을 맞았다. 그 누군가를 '유희' 그리고 또 다른 누군가는 '유희 씨'라고 부르기로 했다.

*

핸드폰에서 사이렌이 울렸다. 밤사이 백 년 만의 폭설이 내리고, 영하 17도의 강추위가 예상되니 외출과 차량 운행을 자제하라는 긴급 재난문자였다. 유희는 302호의 유일한 창문에 드리운 커튼을 젖혔다. 저녁 설거지 소리가 은은한 주택가에 밤눈이 빗금처럼 내렸다. 까만 고양이는 냉큼 창턱에 올라앉아 창밖을 향해 울었다. 가로등이 비추는 감나무 가지에는 일주일 넘게 연이 펄럭였다. 공설 운동장에서 동네 아이들이 날리던 가오리 모양의 꼬빡연이었다. 연이 눈바람에 휘날릴 때마다 고양이는 한껏 털을 곤추세웠다. 원룸과 단층 양옥 사이 감나무 가지에 새들 대신 연이 날아 앉은 건 처음이었다. 핸드폰에서 사이렌이 다시 울렸다.

유희는 유희 씨의 보호자에게 문자를 보냈다.

—내일 주간보호센터 운영하나요? 눈 때문에 도로가 걱정이네요.

귀밑머리가 희끗한 유희 씨의 아빠는 유일한 보호자였다. 택시를 모는 보호자는 일을 마친 밤늦은 시간에 답장을 주었다.

—아직 도로 괜찮아요. 내일 아침이 되면 그때 도로 상황 봐서 판단하세요.

그리고 덧붙였다.

—요즘은 제설 작업 바로바로 하니까 아주 골목길만 아니면 차가 다닐 수 있을 거예요.

—아버님, 긴급 재난문자가 두 번이나······.

다시 문자를 보내려다가 지웠다. 유희 씨의 장애인 주간보호센터 등하원을 맡게 된 지 겨우 보름이 지났다. 아무리 임시라지만 시작하자마자 날씨 문제로 하루 쉬고 싶다는 말을 하기가 쉽지 않았다. 두툼한 잠바를 입고 차 열쇠를 들었다. 공설운동장 뒤쪽에 자리 잡은 낡고 오래된 동네는 유희가 초중고를 다니던 지역과 비슷했다. 주차장도 없는 작은 평수의 빌라와 낡은 단독주택 거주자들은 가뜩이나 좁은 골목길에 주차했다. 주차장으로 절반 가까이 내준 골목길은 눈이 내린 뒤 기온까지 떨어지면 차량 이동이 힘들었다. 차를 꼭 써야 할 때면 밤사이 눈이 얼어붙기 전 공설운동장 뒷길에 옮겨두어야 했다.

유희는 1층 주차장으로 내려가 경형 화물차 다마스에 올라탔다. 딱딱한 의자의 냉기가 척추를 타고 올라와 등골이 오싹했다. 시동을 걸자 헤드라이트가 비추는 눈발이 제법 굵었다. 선바이저를 내려 클립에 끼워둔 코끼리 사진을 빼 들었다. 하얀 상아가 달린 코끼리는 세 발은 푸른 초원 위를 굳건히 딛고, 나머지 앞발은 앞으로 내딛고 있었다. 2년 동안 소식이 끊겼던 아빠가 유희의 원룸으로 보내온 사진이었다.

유희가 계약직일지라도 취업을 한 해에 아빠는 가장 졸업을 선언했다. 남은 삶을 코끼리와 지내고 싶다며 2013년식 5인승 쉐보레 뉴 다마스 한 대만을 남기고 사라졌다. 밥벌이에 보탬이 되었으면 좋겠다는 아빠의 유언장 같은 쪽지에 운전면허조차 없는 엄마와 유나는 피식거렸다. 고물차를 고스란히 떠안게 된 유희는 입술을 깨물었다. 고등학교 졸업 후 방학 때마다 아버지의 일손을 거들기 위해 다마스를 몰기도 했지만, 한때 국민 봉고차였던 다마스를 타고 출퇴근할 수는 없었다. 버스나 지하철을 타고 출퇴근하는 계약직 직장 동료들뿐만 아니라 세단이나 SUV를 타고 출퇴근하는 정규직 상사들 사이에서 웃음거리가 될 게 뻔했다.

중고 다마스를 폐차하려다 마침 독립하면서 이사한 원룸 주차장에 세워뒀다. 다행히 동네에서 신축에 속하는 5층 원룸 건물은 필로티 구조로 1층 건물 기둥들 사이 공간을 주차장으로 사용하고 있었다. 주차장 구석에 세워둔 다마스의 시동을 거는 일은 엄마와 유나의 요청이 있을 때나 큰 짐을 옮길 때 말고는 거의 없었지만 어쩔 수 없었다. 아빠가 언제 돌아올지 모르는데 마음대로 처분하기도 찜찜했고, 무엇보다 다마스는 단순한 차가 아니었다. 목욕탕 수건과 찜질복을 실어 나르며 가족의 생계를 짊어지던 밥벌이 차량이었다.

차폭이 좁아 골목길 운전하기도 알맞은 데다, 차고가 높아 짐도 제법 많이 실을 수 있었다. 저렴한 임대료를 찾아 인도와 차도가 따로 구분되지 않은 주택가 깊숙이 자리한 가내 세탁공장 배달차로 알맞았다. 그러나 아빠가 코끼리를 찾아 떠나면서 다 지난 일이 되었다. 온 가족이 매달려 운영하던 세탁공장도 무허가 폐수배출업체 신고를 받고 3년 전 문을 닫았고, 30년 동안 소상공인들에게 사랑받던 다마스도 새로운 안전기준에 맞지 않아 2021년 단종되었다. 원룸 공용 출입문을 드나들 때마다 눈에 거슬려 한숨을 내쉬게 하던 다마스를 아빠처럼 밥벌이에 이용하게 될 줄 꿈에도 몰랐다.

"유희야, 유희야."

원룸 거주자 중 제일 나이 든 축에 속하는 아래층 여자는 '유희'라는 이름을 자주 불렀다. 원룸에서 창밖을 내다보거나 거리에서 고개를 돌려보면 아들과 걸어가거나 차에 태우고 있었다. 왼발을 끌며 걷는 아들의 불안정한 걸음걸이는 멀리서도 눈에 띄었다. 오가며 인사를 나누게 된 아래층 여자는 유희가 회사를 나오게 된 뒤 가끔 말을 걸어왔다. 딸의 산달이 가까워졌다며 산후조리를 해주는 동안 유희 씨 돌봄을 부탁했다. 유희와 이름이 같은 유희 씨는 아래층 여자가 급여를 받고 활동

지원하는 청년이라는 걸 그날 알게 되었다. 유희 씨가 뇌병변 장애 2급이며 32세의 성인 남성이라는 것은 보호자에게 인사를 간 날 알게 되었다.

다마스로 10분 거리인 유희 씨네 다세대 빌라를 처음 방문했을 때, 유희 씨는 유희를 곁눈으로 연신 힐끔거렸다. 유희보다 네 살이나 더 많았지만 수염도 없고 피부도 맑아 키만 큰 소년 같았다. 목에 불거진 울대뼈만이 2차 성징을 겪은 성인 남성처럼 보이게 했다. 보호자는 유희 씨의 뒤틀린 왼쪽 발목을 가리키며 다른 건 몰라도 주간보호센터나 병원에 데려다줄 때 꼭 자차를 이용한 이동을 부탁했다. 다소 미덥지 않은 눈빛으로 차종을 물었지만 유희는 시원하게 대답하지 못하고 머뭇거렸다. 서먹한 분위기를 깨려는 듯 아래층 여자는 젊은 분이라 잘할 거라며 인연처럼 똑같은 이름에 대한 이야기까지 늘어놓았다.

아래층 여자의 말이 길어지는 동안 유희는 남자 단둘이 사는 집을 둘러보았다. 싱크대 아래에 미처 치우지 못한 소주병과 신발장 옆에 세워둔 기다란 막대기. 다소 삭막하고 단출한 살림살이에 주던 조심스런 눈길을 재빨리 돌렸다. 거실 소파에 고개를 푹 숙이고 앉은 유희 씨는 자신의 손등을 손톱으로 조용히 뜯고 있었다. 가느다랗게 뜯겨진 살갗에 놀란 나머지 앉은 자리에서 일어선 유희를 보호자가 현관문 밖으로 불러냈다. 그리고 신발장 옆에 세워져 있던 막대기를 들어 보였다. 집에 데려다준 다음에는 현관문과 복도 벽 사이에 막대기를 가로질러 안에서 열 수 없게 하라고 직접 시범을 보였다.

"혼자 있을 때는 잠금장치를 열고 집을 나가는 경우가 종종 있어요."

유희 씨의 자해에 충격을 받은 유희는 보호자의 설명이 귀에 들어오지 않았다. 인사도 제대로 못 하고 다세대 빌라 앞에 세워둔 다마스에 올라탔다. 난감한 듯 입맛을 다시는 보호자의 얼굴이 사이드미러에 잡혔다.

아래층 여자에게서 보호자의 오케이 사인을 알리는 연락이 뒤늦게 왔다. 경험이 없어서 장애인 돌보는 일을 잘할 수 있을지도 걱정되지만 이동 차량으로 다마스를 이용한다는 것에 한참을 망설였다고 했다. 유희 역시 낯선 사람을 경계하는 유희 씨의 불안이 그대로 전달되어 선뜻 답을 못했다. 성별이 다른 장애인을 돌봐야 한다는 부담감도 한몫했다. 그러나 새로운 직장을 찾는 동안 대책 없이 쉴 수만은 없었다. 월세와 관리비와 핸드폰 요금 등등 숨만 쉬어도 돈이 든다는 사실을 무섭게 줄어드는 통장 잔고로 배우고 있었다. 더군다나 이번 달 초 엄마의 임플란트 비용까지 보태고 나니 얼마 안 되는 퇴직금까지 바닥나버렸다.

아래층 여자는 딸에게 가던 날, 자신의 두 손을 가슴 앞에 모았다. 몇 년을 본 자신에게도 마음의 문을 다 열지 않았으니 너무 잘해주려고 하지도 말고, 아무 반응 없다고 너무 서운해하지도 말라고 했다. 아래층 여자의 당부가 아니어도 한두 달 임시로 돌보게 된 터라 어떤 기대나 바람이 있을 리 없었다. 그러나 원룸의 차가운 벽에 기대고 앉아 있을 때면 손등을 손톱으로 뜯던 유희 씨의 표정 없는 등이 가만가만 떠올랐다.

수동 기어를 2단으로 올리고 주차장을 천천히 빠져나갔다. 원룸 앞

눈 쌓인 골목길에서 아이와 눈사람을 만들던 남자가 다마스를 발견하고 우뚝 멈추었다. 휘둥그레진 남자의 눈을 헤드라이트가 비추었다. 연이은 폭설 경보로 아침에 몰고 나갔던 차까지 일터나 직장에 두고 퇴근하는 한밤이었다. 오히려 차를 몰고 나가는 자신을 어이없게 바라보는 남자의 시선에 유희는 내심 답답했다. 공설운동장 뒷길에 다마스를 세우고 걸어 돌아오는데 남자는 아직 아이와 눈사람을 만들고 있었다. 발걸음을 몇 번이나 늦추며 자신이 그렇게 무모한 사람은 아니라고 말해주고 싶었지만, 정말 정신 나간 사람으로 볼까 주머니 속 코끼리 사진만 만지작거렸다. 사진 속에 아빠의 모습은 없어도 힘들거나 외로울 때, 코끼리에게 먹이를 주고 목욕을 시키는 아빠를 그려보았다.

사진 속 코끼리는 코끼리보호센터에서 마음이 가장 잘 맞는 친구라고 했다. 사고로 눈이 멀었는데 아빠의 혼잣말 아닌 혼잣말도 참을성 있게 들어주고, 또 노래를 불러주면 자신이 좋아하는 음절에서 귀를 팔락거린다고 했다. 아빠의 새 친구 이야기를 전해 들은 엄마는 그 코끼리가 아니면 음치인 아빠의 노래에 귀 기울여줄 사람은 아무도 없을 거라고 했다. 그래도 그까짓 음치 정도는 귀엽게 넘길 수 있지만 돈 버는 재주가 없어서 엄마를 고생시켰다고 했다. 이어지는 엄마의 타박에 유희는 더 전해주려던 뒷이야기가 있었지만 입을 다물었다. 유희의 기억에 엄마는 아빠의 노래뿐만 아니라 아빠의 말에도 별로 귀 기울인 적이 없었다. 엄마가 아빠를 붙들고 주로 나누는 대화는 부족한 생활비나 밀린 대출이자 같은 돈에 관련된 이야기가 전부였다.

타고난 음치인 데다 엄마의 요구에도 제대로 부응하지 못하던 아빠가 사라진 뒤로 엄마는 더 자주 유희에게 아쉬운 소리를 했다. 태국, 캄보디아, 보츠와나, 짐바브웨 등 코끼리 집단 서식지가 있거나 보호센터가 있는 나라를 대며 어디라도 아빠를 찾으러 가고 싶은데 비행기 푯값이 없다고 했다. 이해할 수 없었다. 엄마는 코끼리 사진을 보내온 아빠의 주소를 끝끝내 묻지 않았다. 그러나 가내 세탁공장을 정리한 뒤에도 계속 마트에서 일하고 있는 엄마의 요구를 거절하기가 쉽지 않았다. 여러 차례 비행기 푯값을 보냈지만 엄마는 여권조차 만들지 않았다.

이번 달 초에도 엄마에게서 전화가 왔다.

"남들은 나보고 자식 잘 키웠다고 하는데."

"이번엔 얼마야?"

유희는 한숨을 길게 내쉬었다. 엄마가 '남들은'이라는 말부터 꺼내면 돈이 필요하다는 뜻이었다.

"자식 잘 키우느라 엄마는 앞니가 빠졌는데, 너는 무슨 한숨을 그렇게 쉬니?"

가족들은 유희가 계약직에서 정규직으로 전환된 줄로만 알고 있었다.

"엄마, 나도 힘들어. 유나에게 말해봐."

"유나는 아직 어리잖니."

"나보다 18개월 어릴 뿐이야. 유나도 취직했잖아."

"유나는 아무것도 몰라. 아직 철이 없어."

"유나는 도대체 몇 살에 철이 들 건데?"

"아빠가 다마스를 물려준 사람은 유나가 아니라 너야."

"남들이 들으면 똥차가 아니라 땅이나 건물이라도 물려준 줄 알겠어."

"그래도 그 다마스 덕분에 우리 가족이 먹고살고, 너 대학 공부도 마쳤는데 똥차라니."

엄마의 잔소리는 계속 이어졌다. 유희는 다마스를 일찍 폐차시키지 않은 걸 후회했다. 임플란트 비용을 엄마의 계좌로 입금한 뒤 통장 잔액을 보며 더 크게 후회했다.

원룸의 현관문을 열자 6평의 공간이 한눈에 들어왔다. 눈 오는 밤의 적막에 둘러싸인 벽과 벽 사이의 가구와 가전들. 현관에 서서 눈을 털다가 담요 위에 누워 있던 고양이의 눈과 마주쳤다. 유희는 폭설에 고양이를 잠시 잊고 있었던 터라 서둘러 젖은 신발을 벗었다.

"밖에 눈이 진짜 장난 아니야. 밤사이 폭설이 내린다는데 운전하라니 말이 되냐."

아빠가 눈먼 코끼리에게 그랬던 것처럼 고양이에게 혼잣말 아닌 혼잣말을 하며 다가갔다.

"내일 아침에 차 쓰려면 공설운동장 뒷길에 미리 가져다놓아야 하잖아."

눈을 휘둥그레 뜨던 남자에게 할 수 없었던 말들까지 쏟아져 나왔다. 그러나 유희가 품고 온 바깥의 찬 기운에 놀란 고양이는 하악질을 하며 침대 밑으로 숨었다. 유희는 순간적으로 섭섭했지만 고양이를 원망할 수는 없었다. 처음부터 정을 주지 않으려 했던 쪽은 오히려 자신이었다. 이름을 지어주면 계속 함께 살아야 할 것 같아 아직까지 '고양이'라고만 부르고 있었다.

겨울 들어 기온이 처음 영하로 떨어졌던 날, 까만 고양이는 편의점에서 라면을 사들고 오는 유희를 따라 원룸까지 왔다. 처음에는 망설이다 추위가 지나갈 때까지만이라며 현관문을 열어준 지 3주가 되었다. 혼자 지내던 원룸에 털북숭이 고양이가 온기를 보태니 외로움을 덜어주는 건 인정할 수밖에 없었다. 하지만 자신도 앞으로 어떻게 살아가야 할지 모르는 현실에 더 이상 곁을 내어줄 수는 없었다. 정을 주었다가 끝까지 책임질 수 없다면 더 큰 자괴감이 들 것 같았다. 눈먼 코끼리와 친구가 된 아빠처럼 살기에는 내려놓을 수 없는 것들이 아직 너무 많다는 생각에 밤잠을 설쳤다.

다음 날 아침, 유희는 눈을 뜨자마자 창문 커튼을 열었다. 어젯밤보다 가늘어졌지만 눈은 계속 내리고 있었다. 창턱에 올라앉은 고양이는 울면서 창밖과 유희를 번갈아 쳐다보았다. 감나무 가지에는 눈바람에 펄럭이던 연이 보이지 않았다. 이 추운 아침에 어디로 날아갔을까. 연에 집착하는 고양이를 따라 얼결에 관심을 갖게 되었지만 막상 보이지 않자 창문을 열고 내다보았다. 감나무 가지뿐만 아니라 단층 양옥 지붕과 담장 위아래 모두 새하얗게 눈으로 덮여 있었다. 연의 행방이 궁금했지만 더 중요한 일이 기다리고 있었다. 교통 상황을 체크하려고 틀어놓은 텔레비전에서는 밤새 주차장으로 돌변한 시내 도로를 비춰주고 있었다. 늦게 차를 가지고 퇴근한 직장인들이 도로에서 새벽을 맞이하고, 다시 직장으로 돌아가고 있다는 아나운서의 멘트에 문자를 보냈다.

— 아버님, 오늘 아침에도 계속 눈이 내리는데요.

밤늦게까지 택시를 몰았던 보호자는 아직 자고 있는지 답장이 없었다. 어제 나눈 문자로는 유희 스스로 도로 상황을 보고 판단하라고 했으니 우선 먼저 밖으로 나가보아야 했다.

유희는 평소 유희 씨를 주간보호센터에 데려다주기 위해 나서는 8시보다 한 시간 정도 더 일찍 서둘렀다. 현관문을 여는데 원룸에 들어온 이후로 절대 밖으로 따라나서지 않던 고양이가 유희의 다리 사이로 달아났다. 도망친 고양이는 유희가 1층 공용출입문을 열어주자 원룸 앞 감나무 아래에 자리를 잡고 나뭇가지를 향해 울었다. 고양이도 이제 떠날 때가 된 건가. 고양이의 갑작스러운 행동에 어찌할 바를 몰랐던 유희는 우선 고양이를 내버려둔 채 다마스를 살피러 갔다.

공설운동장 뒷길은 시설관리팀 직원들이 추위에 떨며 삽과 빗자루로 눈을 치우고 있었다. 안심이 된 유희는 뜨거운 커피를 사기 위해 맞은편 편의점에 들러 점원에게 도로 상황을 물어보았다. 비슷한 또래의 아르바이트 점원은 도로에 차량도 거의 없고, 제설 작업도 잘 이루어지고 있다고 했다. 점원이 버스를 타고 온 도로는 유희가 유희 씨를 데려다주어야 하는 주간보호센터와 정반대 방향이었다. 평지인 반대쪽 도로와 달리 오르막길 끝에 위치한 터널이 마음에 걸렸지만, 유희는 점원의 말을 믿어보기로 했다. 커피만 사 들고 나오려다 고양이의 안부를 묻는 점원의 인사에 반려용품 코너에서 말린 닭가슴살을 샀다. 영하 17도는 생각보다 추웠다.

밤새 쌓인 눈으로 다마스는 설국의 차량처럼 보였다. 브러시와 스크래퍼가 일체형인 성에 제거기를 꺼내 로프와 보닛에 쌓인 눈을 쓸어내렸다. 푹신한 눈은 털어냈지만 유리창에 단단히 얼어붙은 성에는 제거되지 않았다. 뜨거운 물을 가지러 원룸에 다시 들렀다가 고양이가 좋아하는 담요를 가지고 나왔다. 아직 감나무 아래에 웅크리고 있던 고양이도 막상 밖에 나오니 추웠는지 순순히 안겼다. 한 손에는 담요로 감싼 고양이를 안고, 다른 한 손에는 뜨거운 물이 든 보온병을 들고 다마스로 다시 갔다. 우선 담요로 싼 고양이를 운전석 옆자리에 앉힌 후 한참 물어뜯을 수 있는 말린 닭가슴살을 줬다. 보온병에 담긴 뜨거운 물을 유리창에 붓자 얼어붙은 성에가 조금씩 녹아내렸다.

눈을 치운 다마스를 몰고 출발하려다가 급히 브레이크를 밟았다. 집에 있어야 할 유희 씨가 편의점 앞에서 낯선 남자와 실랑이를 벌이고 있었다. 낯선 남자는 유희 씨의 허리춤을 잡고 손에 들린 기다란 막대기를 뺏으려고 했다. 유희는 얼른 파악이 되지 않았다. 유희 씨가 무슨 잘못을 했는가 싶어 주위를 둘러보았다. 눈 쌓인 운동장 여기저기 막대기로 길게 파헤쳐진 자국이 있었다. 운전석 창문을 열고 외쳤다.

"무슨 일이죠?"

"아가씨는 가던 길 가요. 남의 일 참견 말고."

유희는 '남의 일'이라는 말에 주춤했다. 유희 씨도 겁을 먹었는지 술 취한 사람처럼 "구타, 구타"라고 중얼거리고 있었다. '구타, 구타'는 유희 씨가 스트레스를 받거나 기분이 안 좋을 때 하는 말이었다. 한껏 용기를 내어 다시 물었다.

"아는 사이세요?"

"내가 아빠라니까, 참."

처음 보는 사람에게서 유희 씨의 '아빠'라는 말을 듣고 정신이 들었다. 잠바 주머니에서 핸드폰을 꺼냈다.

"핸드폰으로 다 찍었어요. 경찰에 신고할 거예요."

핸드폰으로 찍을 새도 없었지만 엉겁결에 취한 행동이 효과가 있었다. 경찰에 신고한다는 말에 낯선 남자는 욕을 하며 떠났다.

잔뜩 겁을 먹었던 유희는 그제야 차에서 내렸다.

"유희 씨!"

이름을 부르며 다가가자 흥분한 유희 씨가 힘껏 달렸다. 균형을 잡기 위해 양팔을 벌리고 오른발을 성큼성큼 내디뎠다. 한쪽으로 꺾인 왼발이 빠르게 오른발을 쫓았다. 운동화가 눈에 푹푹 빠졌지만 유희도 힘을 다해 달려 유희 씨를 따라잡았다.

"구타, 구타!"

유희 씨가 소리 지르며 팔짝팔짝 뛰자 유희는 어떻게 해야 할지 몰라 눈물이 날 것 같았다.

보호자의 전화번호를 누르는 손가락이 떨렸다.

"유희 씨 사라졌다고 왜 알려주지 않으셨어요?"

"유희 거기 있어요? 저도 지금 막 일어났어요."

이런 일이 너무 익숙한지 보호자의 무덤덤한 목소리에는 아직 가시지 않은 간밤의 숙취와 피로가 느껴졌다.

"어떤 이상한 사람이, 진짜 이상한 사람이 유희 씨를 해코지하려고 했다고요!"

자신도 모르게 목소리는 갈라지고 눈에서 눈물이 흘러내렸다. 방금 전 겪은 일이 너무 무섭고 힘들었다는 걸 보호자와 통화를 하면서 깨달았다.

"그래서 집에 혼자 놔두면 안 돼요. 저도 몇 시간 못 잤는데 다시 나가봐야 하니까 어서 주간보호센터 데려다주세요. 제가 운전해야 유희랑 먹고 살죠."

오랜 세월 혼자서 유희 씨를 돌보고 생계를 책임지느라 지친 보호자였다. 더 이야기를 나누어봤자 아무 소용없을 것 같아 전화를 끊었다.

그사이 흥분이 가라앉은 유희 씨를 다마스에 태웠다. 뒷좌석에 안전벨트를 매고 앉은 유희 씨는 눈에 젖은 막대기를 계속 쥐고 있었다. 자세히 보니 신발장 옆에 세워져 있던 기다란 막대기였다.

유희는 백미러로 뒷좌석을 보며 말을 걸었다.

"유희 씨, 운동장에서 막대기로 뭘 하고 있었어요?"

"코기리."

유희 씨는 선바이저 클립에 꽂아둔 코끼리 사진을 본 이후로 기분이 좋을 때면 '코기리'라고 했다.

"코끼리 사진은 이따가 보여줄게요. 위험하니까 막대기 이리 주세요."

유희가 손을 내밀자 유희 씨는 안 뺏기려고 했다. 막대기를 감추려다 유희의 머리를 쳤다. 유희는 얼얼한 머리를 손으로 감싸고 유희 씨를 노려보았다.

"야, 내가 아니라 아까 그놈 뒤통수를 갈겨줬어야지!"

화가 난 유희는 자기도 모르게 목소리를 높이고 반말을 했다. 유희 씨는 팔뚝으로 얼굴을 가리고 "구타, 구타"라고 중얼거렸다. 유희는 깊은 한숨을 내쉬고, 다시 시동을 걸었다. 유희 씨를 주간보호센터에 데려다주어야 했다. 고작 보름 만에 일을 그만두었다는 말을 듣고 싶지 않았고, 무슨 일이 있더라도 주간보호센터에 데려다주어야겠다는 오기 같은 게 생겼다.

와이퍼가 좌우로 힘겹게 움직였다. 앞 유리창에 눈이 쌓이는 속도가 와이퍼가 눈을 치우는 속도보다 더 빨랐다. 와이퍼가 밀어내고, 또 밀어내도 눈은 계속 쌓였다. 아침에 커튼을 걷을 때만 해도 그칠 것처럼 가늘어졌던 눈이 다시 하늘이 뚫린 것처럼 내리기 시작했다. 라디오에서는 기상 상황에 이어 마비된 시내 도로 교통 상황을 전해주었다. 이른 아침 텔레비전 뉴스에서 들은 그대로였다. 시내 도로는 버려진 차들과 밤새 귀가하려다 결국 도로에서 아침을 맞은 차들로 곳곳이 주차장이 되어버렸다고 했다.

라디오에 귀 기울이고 있는 유희의 처지도 마찬가지였다. 공설운동장 앞 대로를 지나 터널 방향으로 우회전한 뒤 한 시간 넘게 눈길에 갇혀 있었다. 평소 몇 분이면 통과할 도로였지만 앞뒤로 꼬리를 길게 물고 늘어선 차들이 나란히 눈을 맞고 있었다. 터널까지 오르막길과 내리막길이 반복적으로 이어진 도로라 정체의 끝도 알 수 없었다. 주간보호센터 등원 시간인 9시를 넘어가고 있었다. 유희 씨의 담임교사에게 알려야 했지만, 주간보호센터의 전화는 계속 통화 중이었다.
 유희는 초조해져 다마스 안을 둘러보았다. 옆좌석에 자리 잡은 고양이는 유희의 시선에 송곳니가 드러나도록 하품을 하고 자세를 바꿔 누웠다. 담요를 깔아주었는데도 추운지 동그랗게 만 몸통에 꼬리를 바짝 붙였다. 지친 유희는 움츠린 목을 길게 뺐다. 긴장한 탓인지 목과 어깨가 결렸다. 스트레칭을 하려고 팔을 뒤로 길게 뻗었다. 오른손에 차갑고 까끌까끌한 손바닥의 감촉이 느껴졌다. 돌아보니 유희 씨가 생채기 난 손으로 유희의 손을 마주 잡고 있었다. 손을 맞잡으려고 팔을 내민 줄 알았던 것 같았다. 유희는 어떻게 반응해야 할지 몰라 머뭇거렸다. 잡힌 손을 슬그머니 빼내고, 왠지 미안한 마음에 유희 씨에게 변명을 늘어놓았다.
 "유희 씨, 손 잡자는 게 아니라 스트레칭하려고."
 유희는 유희 씨가 이해하기 어려웠을 단어를 한 음절 한 음절 힘주어 천천히 발음했다.
 "스, 트, 레, 칭!"
 유희를 바라보는 유희 씨의 눈빛이 짙어졌다. 집중하는 눈빛이었다. 머리를 숙이고 눈조차 마주치지 않으려던 유희 씨가 눈을 마주치고, 이제는 유희의 말을 이해하려고 집중하는 것 같았다. 유희는 짙은 눈빛에 끌려 좀 더 설명하려다 유희 씨가 마주 잡았던 오른손을 허벅지에 비볐다. 서너 살 어휘 수준으로 이해할 수 있는 적절한 표현이 떠오르지 않았다. 대신 유희 씨가 좀 전에 했던 '코기리'라는 말이 떠올랐다.
 "유희 씨, 코끼리 보여줄까요?"

선바이저와 잠바 주머니를 뒤졌지만 코끼리 사진은 보이지 않았다. 유희 씨는 수줍게 막대기를 들어 보였다. 유희는 그제야 유희 씨가 막대기로 눈 쌓인 운동장에 코끼리를 그렸다는 걸 알아차릴 수 있었다.

"유희 씨, 코끼리를 그렸군요. 정말 멋져요."

"최고!"라는 칭찬과 함께 엄지손가락을 내밀었다. 보름 만에 처음으로 유희 씨의 밝은 표정을 볼 수 있었다.

유희 씨의 한결 부드러워진 표정에 마음이 풀린 유희는 유희 씨에게 말이 하고 싶어졌다. 유희가 유희 씨에게 건네고 싶은 말은, 차에 타요, 안전벨트 매세요, 잠깐 기다리세요, 같은 꼭 필요한 말이 아니었다. 그것은 친구와 커피나 맥주를 마시며 나누는 그리 필요하지도 그리 중요하지도 않은 말들이었다. 아빠가 눈먼 코끼리에게 그랬던 것처럼. 사실 눈먼 코끼리보다 먼저 아빠의 혼잣말 아닌 혼잣말과 음정 박자 맞지 않는 노래를 들어주었던 사람은 유희였다. 아빠는 어린 유희를 말동무 삼아 가끔 다마스에 태우고 세탁물 배달을 다녔다. 다마스 안에서 아빠가 하는 말들을 다 이해할 수도 없었고, 아빠의 노래 솜씨도 형편없었지만 아빠에게 특별한 존재라는 느낌에 한껏 부풀고는 했다. 어깨 너머로 운전을 배운 유희가 고등학교를 졸업하자마자 운전면허를 따고, 방학 때마다 다마스를 몰며 아빠의 배달을 도운 이유이기도 했다.

학교 친구들이 가족들과 타고 다니던 승용차에 비해 볼품없고 불편했던 다마스. 그 안에서 소중한 추억을 남겨주었던 아빠가 코끼리의 친구가 되기 위해 가족을 버리고 사라졌다니. 아빠가 선택한 삶을 인정하고 존중해주어야 한다고 머리로는 이해하려고 해도 마음으로는 받아들이기 쉽지 않았다. 문득 외로운 마음에 고요해진 다마스 안을 둘러보니 고양이는 계속 자고 있었고, 유희 씨도 꾸벅꾸벅 졸고 있었다. 올해 들어 가장 추운 아침에 너무 많은 일들을 겪은 유희의 눈꺼풀 역시 자꾸 내려왔다.

깜박 졸던 유희는 고개를 들었다. 조금 전까지 자고 있던 고양이가 발톱으로 다마스 창문을 마구 긁고 있었다. 고양이의 발톱 너머로 차창 밖을 내다보았다. 놀랍게도 감나무 가지에 걸려 있던 꼬박연이 무겁게 내리는 눈발 사이로 날아가고 있었다. 뒷좌석의 유희 씨도 연을 발견하고 외쳤다.

"코기리!"

고양이가 높은 소리로 울자 유희 씨까지 엉덩이를 들썩거렸다. 가까스로 흥분을 가라앉힌 유희 씨까지 소란을 부리자 다마스에서 계속 기다릴 수만은 없었다. 정체가 어디까지 이어졌는지 알아보기 위해 안전벨트를 푸는데 뒷자리에서 안전벨트 푸는 소리가 났다. 유희는 아래층 여자에게 배운 대로 간결하지만 단호하게 말했다.

"기다려요!"

유희 씨는 유희가 하는 말을 마지못해 따라 했다.

"기다려요."

"기다려야 빨리 주간보호센터에 갈 수 있어요."

다시 한번 더 다짐을 받으며 차 문을 여는데 고양이가 먼저 뛰쳐나갔다. 엉겁결에 힘껏 붙잡자 고양이는 본능적으로 발톱을 내밀었다. 유희는 아프고 놀란 나머지 할퀸 손등을 움켜쥐고 비명을 질렀다. 발톱이 지나간 자리를 따라 피가 배어 나왔다. 정신을 차리고 돌아보자 고양이는 연이 날아간 방향으로 달아났다. 고양이를 따라잡으려다 멈추었다. 유희 씨를 다마스 안에 혼자 오래 내버려둘 수는 없었다. 길게 늘어선 차량들 사이를 지나 터널 쪽으로 걸어갔다.

터널 앞 오르막길을 마주하고 벌려진 입이 다물어지지 않았다. 경사가 제법 되는 터널 앞 도로에는 버려진 트럭과 승용차가 여러 대 있었다. 렉카나 제설차나 경찰차는 보이지 않았다. 영하 17도에 멈추지 않는 폭설로 눈길은 점점 더 악화되어가고 있었다. 이 도로를 언제 빠져나갈 수 있을지 아무도 장담할 수 없을 것 같았다. 유희는 단념하고 다마스 안으로 돌아왔다. 엄지손가락을 내밀고, 뒷좌석 쪽으로 몸을 돌렸다.

"잘 기다렸어요."

'최고'라는 뒷말은 꺼낼 수가 없었다. 뒷좌석에는 아무도 없었다. 옆좌석과 차 바닥까지 앞뒤로 살펴보았다. 유희 씨도 유희 씨가 끌고 다니던 막대기도 없었다. 다마스 안에는 고양이에게 깔아주었던 담요만이 있었다.

유희는 운전대를 꽉 붙들었다. 손등의 할퀸 자리는 그사이 부풀어 여러 마리의 붉은 지렁이가 기어다니고 있는 것 같았다. 양 주먹을 들어 핸들을 내리쳤다. 경적이 짧게 울렸다. 다마스에서 내릴 때 차 문을 잠그지 않았다는 걸 깨닫자 다리의 힘이 쭉 빠졌다. 변명처럼 혼잣말이 흘러나왔다.

"기다리라고 했잖아."

핸드폰이 울렸다. 주간보호센터 담임교사였다.

"유희 씨가 아직 등교도 안 하고, 연락도 없어서 아버님께 전화 드려보니 선생님과 함께 있다고 해서요. 어디쯤이세요?"

"한 시간째 도로예요."

차마 유희 씨가 사라졌다는 말은 하지 못했다. 담임교사는 짧게 한숨을 내쉬었다.

"다들 아침부터 전화 왔어요. 도로 상황이 정말 안 좋다고요. 저희도 오늘은 셔틀버스 운행 안 하기로 했고요."

머리와 어깨에 앉은 눈이 서서히 녹아내렸다. 물기 어린 눈이 핸들을 적셨다. 담임교사의 목소리가 낮아졌다.

"선생님, 아버님께 전화드려보시는 게 좋을 것 같아요. 주간보호센터에 등원한 이용인이 아직 한 명도 없어요. 보호자 계신데 제가 오시지 말라고 할 수는 없거든요."

"예, 선생님."

말끝에 울음이 깃들려고 해서 전화를 얼른 끊었다.

지친 나머지 핸들 위에 고개를 파묻자 경적 소리가 길게 울렸다. 직장을 나오게 된 이후 원룸에 혼자 틀어박혀 있던 유희에게 고양이가 오고, 유희 씨가 오고, 그리고 꼬박연도 왔다. 그리고 아빠에게서 온 사진까지. 다 떠나버리고, 잃어버리고 다시 혼자가 되었다.

"어디로 갔어, 다들 어디로 갔냐고!"

누군가 창문을 두들겼다. 고개를 들자 그제야 경적 소리가 멈췄다. 정장 위에 패딩을 입은 남자가 다마스 안을 살피더니 다시 자신의 차로 돌아갔다. 보호자에게 유희 씨가 사라졌다고 차마 사실대로 말할 수는 없었다. 고양이는 다시 길거리로 돌아간 걸까. 유희 씨는 어딘가에 또 다른 코끼리를 그리러 간 걸까. 내리는 눈 사이로 하늘을 나는 연에 눈을 떼지 못하던 고양이와 유희 씨가 떠올랐다. 고양이도 유희 씨도 없는 다마스 안의 한기가 뼛속을 파고들었다. 자신이 얼마나 외로웠는지, 고양이와 유희 씨가 짧은 시간이나마 얼마나 위안이 되었는지 짐작조차 할 수 없어 몸을 떨었다.

아빠가 코끼리 사진을 보내주었을 무렵, 눈먼 코끼리는 긴 코를 들어 아빠의 얼굴에 부비고 마지막 숨을 거두었다고 했다. 음치인 아빠의 노래에 귀 기울여줄 사람은 아무도 없을 거라던 엄마에게 전해주지 않았던 뒷이야기였다. 날이 따뜻해지면 고양이도 다시 거리로 돌아가고, 약속한 한두 달이 지나면 유희 씨도 다시 아래층 여자가 돌볼 것이었다. 눈먼 코끼리처럼 떠날 때가 되면 다들 떠나겠지만, 지금은 아니었다. 영하 17도는 생각보다 훨씬 추웠다.

유희는 가족의 밥벌이 차량 다마스를 그대로 두고 갈 수 없어서 발을 굴렸다. 그러나 다마스를 몰고서는 터널로 나아갈 수도, 왔던 길로 돌아갈 수도 없었다. 정체된 도로에 아빠가 유일하게 물려준 다마스를 버리고, 연을 따라간 고양이와 유희 씨를 찾아 눈 속을 달렸다.

*

창가에서 믿기 힘든 광경을 보았다. 무거운 눈발 사이로 꼬박연이 날아가고 있었다. 그 연을 따라 까만 길고양이가 달렸다. 그리고 그 뒤를 따라 '유희 씨'라고 부르기로 한 누군가가 날아오를 것처럼 두 팔을 벌리고 한쪽으로 꺾인 왼발을 끌며 달렸다. '유희'라고 부르기로 한 또 다른 누군가도 다마스를 버리고 뒤따라 달려갔다. 내가 고요의 코끼리에 대해서 헤아렸던 아침, 누군가는 눈 쌓인 운동장에서 기다란 막대기를 끌며 땀 흘리고 있었다. 그 누군가는 자신이 막대기로 그린 긴 선을 가리키며 외쳤다.

"코끼리!"

수줍은지 눈꼬리를 살짝만 둥글게 늘어뜨렸는데 오히려 활짝 웃는 얼굴이 되었다. 보는 사람의 마음에 따라 그냥 막대기가 지나간 자국일 수도 있지만, 누군가의 마음으로 본 그 선은 한 마리의 코끼리이기도 했다.

한 마리의 코끼리는 다시 초원 위로 앞발을 내디뎠다. 고요의 코끼리에 관한 다큐멘터리의 마지막 장면이었다. 화면 위로 불어를 한국어로 번역한 자막이 흘렀다.

    고요의 코끼리입니다.

    간혹 상상력이 남다르고, 고요 지역에 비행운을 그리고 싶어 하는 동물학자가 있었던 것 같습니다. 동물학자라면 관광 우주선이 매달 운행되는 달나라보다 어쩌면 오지 중의 하나인 고요 지역이 더 매력적일 수도 있지 않을까 합니다. 지금 보시는 영상이 그걸 입증해주는 자료일 테니까요.

고요의 코끼리는 어미로부터 독립하면 홀로 길을 떠난다고 합니다. 짝짓기 때를 제외하면 고요한 생활을 즐기다 홀로 죽음을 맞이합니다. 그렇다고 고요의 코끼리들끼리 외면하거나 경계하는 일은 극히 드뭅니다. 고요의 코끼리들은 대개 길 위에서 마주친 상대방 코끼리와 긴 코를 부비며 서로의 안녕을 나눕니다.

간혹 마주친 상대방 코끼리가 병들어 있으면 그 곁에 머물며 함께 지내기도 합니다. 이런 광경이 관찰될 때면 고요의 코끼리가 다른 지역 코끼리들처럼 섬세한 감정과 공감 능력을 지녔다는 사실을 인정할 수밖에 없습니다.

그러나 그것도 잠시뿐. 회복되거나 회복될 수 없다는 걸 확인하면 다시 각자의 길을 떠납니다. 결국 죽음을 맞이하는 순간도 혼자일 수밖에 없다는 걸 알기 때문일까요?

고요 지역 코끼리 보호에 관한 국제협약이 체결되면서 고요 지역을 찾는 과학자와 여행객이 늘고 있습니다. 혹 고요 지역을 여행하다가 코끼리를 만나면 그 행운을 즐겁게 받아들이시길 바랍니다.

고요의 코끼리가 잠시 당신에게로 왔습니다.

노란색 삼선 슬리퍼

여자는 주인공 없이 생일 모임을 갖기로 했다. 적어도 초대를 받은 손님은 의아하게 여기지 않았다. 오늘은 소라의 생일이었다.

왼쪽 슬리퍼를 오른쪽 슬리퍼 옆에 가지런히 내려놓았다. 노란색 바탕에 하얀색 삼선이 가로로 그어진 슬리퍼였다. 얼핏 보면 한 벌이었지만 자세히 들여다보면 짝짝이였다. 오른쪽 슬리퍼 삼선 중 맨 아랫줄 바깥쪽에는 매직으로 '소라'라고 쓰여 있었다. 한 사이즈가 더 큰 왼쪽 슬리퍼에는 '소라'와 대칭되는 자리에 '아연'이라고 쓰여 있었다.

슬리퍼를 들여다보던 여자는 욱신거리는 엄지발가락을 어루만졌다. 전봇대에 발부리가 걸렸을 때 몹시 아프기는 했지만 피멍까지 든 줄 몰랐다. 엉거주춤 신발장을 붙들고 일어나 현관 옆 소라의 방으로 들어갔다. 책상 위 소라의 사진을 눈으로 쓰다듬고, 서랍장 위에 놓인 블루투스 스피커를 켰다. 일 년 전 유행했던 아이돌 그룹의 노래가 흘러나왔다. 소라가 춤출 때마다 틀었던 댄스음악이었다. 빠르고 강한 비트가 귀에 거슬렸지만 여자는 볼륨을 올렸다. 생일을 맞은 소라와 초대한 손님을 위해서였다.

이십 평 빌라에 흐르는 댄스음악 사이로 전화벨이 울렸다. 여자가 뒤늦게 거실로 나가자 바로 끊어졌다. 핸드폰 대신 집 전화기로 걸려오는 전화는 가족과 친인척뿐이었다. 발신번호를 확인하려는데 주방에서 압력솥의 추가 흔들렸다. 돌아가는 추를 따라 돼지고기 특유의 누린내가 퍼졌다. 여자는 벚꽃이 내다보이는 주방 창문을 열고, 가스레인지 위의 환풍기를 켰다. 소라의 방에서 흘러나오는 댄스음악에 압력솥의 추와 환풍기 돌아가는 소리까지 더해져 소음을 만들어내고 있었다.

여자는 애써 견디며 묵은 김치의 꼭지를 썰었다. 낡은 도마의 크고 작은 흠집에 김칫국물이 배어들었다. 주방 창문으로 들어오는 봄바람이 아직은 차가웠다. 서늘한 등에 물컹하게 와 닿는 소라의 가슴이 느껴지는 것 같았다. 가끔 소라는 식사를 준비하는 여자의 등에 가만히 기대고 고개를 내밀었다. 그리고 자잘한 참견을 했다.

"김치찜은 언제 해줄 거야? 밥에서 콩은 꼭 빼."

조잘거리던 소라의 목소리가 봄바람처럼 가만히 불어왔다 흩어졌다. 깊은 한숨과 함께 어깨가 들썩거렸다. 흐트러진 칼질에 김치 꼭지가 뭉텅 잘라졌다. 싱크대에 걸쳐둔 도마까지 덜거덕거렸다. 기우뚱거리는 도마를 따라 벌건 김칫국물이 싱크대로 주방 바닥으로 흘러내렸다.

여자는 행주를 집는 대신 도마를 물끄러미 들여다보았다. 칼질을 받아내는 도마처럼 무수히 베어지고 갈라지더라도 소라가 눈앞에서 토라지고, 짜증을 내고, 응석을 부려주길 바랐다. 예전처럼. 삭발을 한 채 삼보일배를 하기 위해 거리로 나섰을 때에도 여자는 간절한 바람이 그 어디에라도 가닿기만을 바랐다.

"소란을 피울수록 돈이 더 나오니까 저러는 거야."

지나가던 아줌마가 딸로 보이는 아가씨에게 무심코 속삭였다. 삭발식이 진행될 때처럼 여자는 두 눈을 꼭 감고 양손을 모았다. 무릎을 꿇고 머리를 좀 더 오래 조아렸다. 콘크리트 바닥의 차디찬 기운이 손바닥과 무릎에 그대로 전해져 오싹거렸다. 여자는 나직이 기도를 올렸다.

"소라를 돌아오게 해주세요. 별이 되었다 해도 좋아요. 엄마에게 돌아오게만 해주세요."

식은땀이 뚝뚝 떨어졌다. 다시 일어서려던 여자의 눈앞으로 콘크리트 바닥이 까맣게 달려들었다. 그대로 쓰러져 응급실에 실려 갔지만 삼보일배를 멈출 수는 없었다. 일 년 가까이 소라를 기다리는 동안 무심한 칼질을 받아내는 도마처럼 수없이 베어지고 갈라졌다.

남편의 헛기침에 정신을 차리고 돌아보았다.

"오는 길에 보니까 학교 운동장에 벚꽃이 폈더라."

남편의 손에는 벚꽃잎과 리본으로 포장한 케이크 상자가 각각 들려 있었다. 집 안을 울리는 소음 때문인지 억누를 수 없는 감정 때문인지 알 수는 없지만 현관문 여닫는 소리를 듣지 못했다. 전화벨이 다시 울렸고, 남편이 발걸음을 옮기는 동안 끊어졌다. 여자는 그제야 블루투스 스피커 볼륨이 낮춰진 걸 알아챘다.

여자는 칼을 쥔 채로 소라의 방으로 들어갔다. 남편이 쭈뼛거리며 뒤따라 들어왔다.

"무슨 음악을 그렇게 크게 틀어놓고. 여러 번 불러도 못 듣고."

여자는 턱으로 벽에 붙어있는 크고 작은 브로마이드를 가리켰다. 멋지게 차려입은 한 무리의 젊은 남자들이 미소 짓고 있었다.

"소라가 좋아했던 오빠들 음악이잖아. 내가 나이가 한 살 더 먹어서 그런가. 이제 보니 저 친구들 앳되네."

소라가 춤추던 기분을 느껴보고 싶었다. 댄스음악에 맞춰 몸을 슬쩍 흔들다 허리를 양손으로 받쳤다. 예상보다 길어진 객지 생활과 여러 날의 삼보일배 후 허리와 무릎이 상했다.

"소라 엄마……."

남편은 슬그머니 다가와 여자의 손에서 칼을 빼내고 대신 벚꽃잎을 수북이 쥐여줬다.

"당신, 벚꽃비 맞는 걸 좋아했잖아."

남은 벚꽃잎은 여자의 민머리 위로 뿌려주었다. 머리카락 없는 두피에 얇은 벚꽃잎이 느껴졌다.

연애 시절 여자는 지금의 남편에게 그런 말을 했다. 벚꽃잎이 흩날리던 가로수 길이었다. 가슴으로부터 잔잔하게 퍼지는 행복을 놓칠 수 없어서 손을 뻗었고, 떨어지는 벚꽃잎을 잡았다. 긴 생머리가 찰랑거리던 여자와 긴 생머리를 좋아하는 남편의 소원이 이루어져 가정을 이루었고, 두 사람 사이에 새로운 생명이 탄생했다. 여자는 벚꽃잎이 쥐어진 손에 힘을 줬다. 연애 시절 벚꽃에 대한 추억조차 결국 소라에게 가닿고 말았다. 여자를 바라보는 남편의 입꼬리가 살짝 끌어당겨져 있었다. 끌어당겨진 입꼬리는 떨어지는 벚꽃잎을 잡던 가로수 길에서처럼 남편의 얼굴을 달떠 보이게 했다.

여자는 소라를 잊은 듯한 남편의 표정이 거북했다. 미소를 감추고 정색을 했다.

"소라 아빠, 유치하게 이게 뭐야?"

당황한 남편이 연애 시절처럼 여자의 이름을 불렀다.

"선희야……."

"벚꽃잎이 다 뭐라고!"

여자는 짓이겨진 벚꽃잎을 방바닥에 뿌렸다. 남편은 끙, 앓는 소리를 낸 뒤 아랫입술을 불룩 내밀고 손세수를 했다. 말을 꺼내려다 포기하고 소라의 방에 들어올 때처럼 쭈뼛거리며 나갔다. 들쭉날쭉거리는 여자의 감정에 익숙해 보였다. 여자는 앞머리를 쓸어 올리려다 당분간 그럴 수 없다는 걸 깨닫고 손을 내렸다. 그러고 싶지 않았지만 어쩔 수 없었다. 일 년이 다 되어가지만 어찌할 바를 몰랐다. 살아 있기에 자연스럽게 일어나는 소소한 생각과 감정들까지도 모두 소라와 연결되어 있었다. 그 생각과 감정의 끝이란 대개 죄책감이었다.

여자도 학교 운동장에 핀 벚꽃을 보았다. 장을 보고 돌아오던 한낮이었다. 차마 언덕 위에 있는 학교 운동장까지 올라가지는 못했다. 학교 교실은 소라와 별이 된 아이들이 명예 졸업할 때까지 그대로 보존될 거라고 했다. 어떤 엄마들은 별이 된 아이들이 보고 싶을 때마다 학교 교실을 찾아갔고, 여자와 같은 어떤 엄마들은 차마 찾아갈 용기를 내지 못했다. 다만 무거운 장바구니를 내려놓고 소라가 다녔던, 지금도 다녀야 할 그리고 왼쪽 노란색 삼선 슬리퍼의 주인인 아연이가 여전히 다니고 있는 학교를 멀리서 바라만 보았다.

'돌아왔다면……, 수업을 듣다가 졸기도 하고, 친구들과 쉬는 시간에 수다도 떨고, 가끔 점심시간에 담 넘어 나와 아이스크림도 사먹고. 그랬을 텐데, 그랬을 텐데.'

수업 종료를 알리는 학교 종이 언덕 아래까지 울리자 여자는 서둘러 장바구니를 들었다. 해마다 학교 운동장에 벚꽃이 피면 주인공 소라 없이 생일케이크에 초를 하나 더 꽂아야 할지도 몰랐다.

볼륨을 다시 올렸다. 남편은 여자가 왜 음악을 크게 틀어놓았는지 잘 모르는 것 같았다. 소라는 음악을 들을 때면 볼륨을 올렸다. 잔잔한 노래를 좋아하던 여자는 그때마다 볼륨을 낮추라고 잔소리를 했다. 리듬에 맞춰 탐스런 엉덩이를 흔들던 소라는 볼륨을 낮추는 대신 방문을 세차게 닫아걸었다. 반복된 다툼을 보다 못한 남편은 소라가 평소 갖고 싶어 하던 최신형 이어폰과 블루투스 스피커를 사주기로 약속했다. 여자는 이어폰과 블루투스 스피커 가격을 듣고 눈을 치떴다. 아이를 제대로 가르치는 대신 돈으로 해결하려는 교육 방식은 옳지 않다고 투덜거렸다. 여자의 소극적인 반대에도 남편은 소라와 음향기기 전문 전자상가를 다녀왔고, 볼륨 때문에 다투는 일은 전보다 줄어들었다. 그러나 음질이 꽤 괜찮은 이어폰이 생긴 뒤에도 소라는 집에 혼자 있을 때면 볼륨을 올렸다.

퇴근 후 계단을 오르다 창문 밖으로 새어 나오는 음악 소리와 마주치기도 했다. 현관문을 열면 현관 바닥에 노란색 삼선 슬리퍼가 뒹굴었다. 한 벌일 때보다 두 벌일 때가 더 많았다. 노란색 삼선 슬리퍼만 신고 다니는 소라와 아연이는 같은 아이돌 그룹을 좋아했다.

 복지관에서 하루 종일 청소하다 돌아온 여자는 툭 한마디 던졌다.

 "그 오빠들이 밥 먹여준다니!"

 대꾸를 듣기도 전에 외투부터 벗었다. 배고플 소라와 아연에게 저녁부터 차려줘야 했다. 서둘러 옷을 갈아입다 화장대 거울에 비춰진 자신의 몸을 맞닥뜨리기도 했다. 소라에게 물렸던 젖가슴과 소라를 담았던 배와 소라를 낳았던 엉덩이. 출산과 세월을 따라 더 이상 젊은 날의 몸이 아니었다. 잠시 쓸쓸하기는 했지만 리듬을 타던 소라의 몸을 떠올리면 왠지 모르게 기운이 났다. 여자의 젊음과 사랑이 소라에게서 피어나고 이어지는 것 같았다.

 누구나 자식에게 눈먼 사랑을 느끼기도 하지만 꼭 눈먼 사랑 때문만은 아니었다. 춤추는 소라에게서는 여리고 부드럽지만 거스를 수 없는 무언가가 온몸에서 뿜어져 나왔다. 그러나 그 무언가에 대해서 골똘히 생각해본 적은 없었다. 가족들의 끼니를 챙기고, 집안일을 하다 보면 하루는 빠르게 지나갔다. 나날이 늘어나는 소라의 교육비에 재작년부터 시작한 일도 쉽지 않았다. 빨래를 개다가 또는 연속극을 보다가 푹 쓰러져 잠들기 일쑤였다. 잠 속으로 빠져들다가 어렴풋이 그 무언가가 막연히 젊음이려니 했다. 그러나 그날 이후 여자는 소라에 대해서 아주 작은 일들까지 세세히 떠올리고 생각했다. 그러다 막히면 그 부분에서 머물러 헤어나지 못했다.
 '왜 소라를 구하지 못했을까, 왜 소라를 돌아오게 할 수 없는 걸까.'
 끝없는 질문들을 부둥켜안고 온종일을 보냈다. 그 질문들을 통째로 삼켜버린 검은 바다를 바라보다 지치면 눈을 뗄 수 없는 그 무언가에 대해서 곱씹어보기도 했다.
 '그것은 오롯이 살아 숨 쉬는 생명의 아름다움이 아닐까.'
 혼자 고개를 끄덕이고는 했다. 그 눈부시게 피어나던 소라가 어디에 있는지조차 알 수 없다는 현실이 믿기지 않았다. 열린 소라의 방문 너머 거실에 교자상을 펴는 남편이 보였다.

 여자는 물기를 짜낸 행주를 남편에게 내밀었다. 남편은 교자상에 앉은 먼지를 꼼꼼히 닦기 시작했다. 상 위뿐만 아니라 아래까지 손을 깊숙이 넣어 깨끗이 닦았다. 그리고 한 번도 쓰지 않았던 마른 행주로 물기까지 닦아냈다. 여자는 따로 삶아낸 돼지고기를 냄비 밑바닥에 깔면서 생일상 차리는 남편을 곁눈질했다. 여자의 눈길이 가닿자 뒤돌아 앉은 남편의 어깨가 움츠러들었다. 해병대 출신의 넓고 단단한 어깨가 유난히 축 늘어져 보였다. 여자는 한숨을 가늘게 내쉬었다. 벚꽃잎까지 방바닥에 뿌릴 필요는 없었다. 작은 후회가 일었지만 여자 역시 보이지 않는 칼을 휘둘러 남편을 베고 가르고 있었다. 흠집투성이가 된 남편은 불쑥불쑥 앓는 소리를 냈다.
 교자상 한가운데 딸기 케이크가 놓였다. 소라가 가장 좋아하던 케이크였다. 남편은 생일 초를 케이크 위에 꽂으면서 소리 내어 셌다. 댄스음악에 파묻혀 제대로 들리지는 않았지만 남편의 입 모양으로 알 수 있었다.

"한 개, 두 개, 세 개, 네 개, 다섯 개, 여섯 개, 일곱 개, 여덟 개, 아홉 개, 열 개, 열한 개, 열두 개, 열세 개, 열네 개, 열다섯 개, 열여섯 개, 열일곱 개, 열여덟 개."

남편은 꽂아둔 초의 개수를 확인하고 여자에게 물었다. 블루투스 스피커 볼륨보다 더 목청을 키우다 보니 말싸움이라도 거는 것 같았다.

"한 개 더 꽂아야 하나?"

여자는 돼지고기 위에 묵은 김치를 얹다가 망설였다. 그날 소라는 열여덟 살이었다. 그날 배를 타지 않았다면 한 살을 더 먹었을 것이다. 잠시 후 입을 열었다. 남편만큼 목청을 높이다 보니 대거리하는 것 같았다.

"한 개 더 꽂아야지. 소라는 이제 열아홉 살이잖아."

남편은 끙, 앓는 소리를 내면서 초를 한 개 더 꽂았다.

여자의 입에서도 신음소리가 새어 나왔다. 그러나 이를 악물고 울지 않았다. 이미 아연이를 우연히 마주치고 돌아오는 길에 눈물을 쏟았다. 또다시 울면, 울기 시작하면 생일상을 도저히 차릴 수 없는 상태가 되리라는 걸 알고 있었다. 그날 이후 여자는 울음이 터지면 좀처럼 멈출 수가 없었다. 몸속에는 바닥이 드러나도 다시 채워지고 끊임없이 흘러넘치는 눈물샘이 있는 것 같았다.

여자는 다시 냄비로 몸을 돌리고 묵은 김치 위에 껍질을 깎아낸 통감자와 양파와 대파를 얹었다. 마지막으로 쌀뜨물을 자작하게 붓고 냄비에 넣은 재료들이 들뜨지 않도록 꾹꾹 눌렀다. 정말 오랜만에 제대로 된 요리를 하고 있었다. 여자와 남편은 사고 현장과 가까운 항구에서 소라의 소식만을 기다렸다. 기다리는 동안 여자는 일 년 단위 계약직인 복지관에서 해고 통지를 받았다. 물류센터에서 지게차 운전을 하던 남편은 다행히 회사에 노조가 있어서 휴직을 할 수 있었다.

처음에는 살아 돌아오기를, 시간이 지나면서는 별이라도 되어 돌아오기를 기다렸다. 집을 비운 동안 냉장고에 넣어둔 야채가 썩어 그 야채 썩은 물까지 말라 악취를 풍겼고, 유리병에 든 각종 소스들마저 유통기한이 지났다. 사람이 돌보지 않아 먼지 쌓이고 곰팡이 핀 집에 그나마 먹을 만한 거라곤 김치냉장고에 넣어둔 묵은 김치밖에 없었다. 여자는 시어터진 묵은 김치로 김치찜을 요리하기로 마음먹었다. 소라도 별이 되어 돌아온 아이들처럼 생일 모임을 해주고 싶었다. 별이 되어 돌아온 아이들의 부모들은 제사 대신 생일 모임을 갖고 있었다. 여자는 직접 음식을 만들어 집에서 하기로 했다. 남편은 그 몸으로 어떻게 음식을 하겠냐고 했지만 여자는 집 구석구석 먼지를 털어내고 간단하게라도 장을 봐 왔다. 소라가 다시 돌아온다면 부디 별이라도 되어 돌아온다면, 여자가 얼마나 꿈꾸는 소망인가, 두 팔을 걷고 제일 먼저 해줄 음식이 김치찜이었다.

소라는 그 나이 또래 아이들처럼 피자나 치킨을 좋아했다. 때로는 다이어트를 한다고 끼니를 거르고는 했지만 주방에서 김치찜이 끓고 있으면 엄지를 치켜들고 식탁에 앉았다. 그래서 학기 초나 시험기간에 소라의 어깨에 멘 배낭이 무거워 보이면 여자는 겨우내 묵은 김치를 꺼냈다. 여자의 손맛이 뛰어난 건 아니었지만 김치찜만큼은 나름의 비법이 있었다. 번거로워도 돼지고기에 소주를 넣고 압력솥에서 따로 삶아내면, 누린내도 사라지고 육질도 한결 부드러워졌다. 그리고 무엇보다 동네 정육점 주인은 여자에게 단골손님에게만 주는 가장 신선한 고기를 주었다. 평소 소라를 '토끼'라고 불렀던 정육점 주인은 남편과 자주 술잔을 기울이는 사이였다. 덩치 큰 두 사람의 안주거리는 대개 자랑스러운 해병대의 용맹이었다. 남편과 해병대 동기이면서 같은 빌라 단지에 사는 정육점 주인은 오늘 돼지고깃값을 받지 않았다.

블루투스 스피커 볼륨을 뚫고 전화벨이 길게 울렸다. 야채 껍질을 그러모으던 여자가 소리를 질렀다.

"전화 좀 받아!"

남편은 대답이 없었다. 야채 껍질을 쥔 채 주방 옆 베란다로 나가던 여자는 멈칫했다. 조금 전까지 케이크 상자에서 나온 포장지를 정리하던 남편은 손세수를 하고 있었다. 어김없이 아랫입술도 불룩 나왔다. 남편은 좁은 베란다에서 여자와 부딪치지 않으려고 옆으로 비켜섰다. 베란다를 빠져나가는 남편의 움츠린 어깨가 여자의 곱지 않은 말투를 탓하는 것 같았다. 여자는 들고 있던 야채 껍질을 남편의 등에 던졌다.

"소라 아빠, 왜 그렇게 짠하게 구는데!"

남편의 등에 양파 껍질, 감자 껍질, 파 껍질이 달라붙었다 떨어졌다. 검은 바다 앞에서처럼 남편은 뒤도 돌아보지 않았다.

침몰된 배에서 생존 가능한 시간이 하루 종일 뉴스에서 떠벌려지고 있을 때 여자는 바다로 갔다. 배를 삼킨 바다는 검었고, 파도는 거셌다. 생존자를 구하고 있다거나 구하겠다는 사람들은 많았지만 정작 구조된 사람은 없었다. 입이 타들어가고 피가 말랐다. 아직 희망을 버릴 수 없었던 여자에게 그나마 매달릴 수 있는 사람은 남편밖에 없었다.

"소라 아빠, 당신 해병대라며, 귀신 잡는 해병대. 어서 가서 소라 좀 구해봐! 눈에 넣어도 아프지 않고, 목숨보다 소중하다며. 창기 씨, 소라 아빠잖아."

여자는 남편의 등을 힘껏 떠밀었지만 남편은 침까지 흘리며 목 놓아 울기만 할 뿐 꼼짝도 하지 않았다.

그날 이후 여자가 지치고 힘들 때 매달릴 수 있는 사람은 남편밖에 없었다. 기대는 만큼 검은 바다 앞에서 울기만 할 뿐 꼼짝도 하지 않았던 남편에 대한 실망 또한 컸다. 소라가 그리울수록 남편의 잘못이 아닌 줄 알면서도 원망하는 마음이 자신도 모르게 자리를 잡고 있었다. 기대고 실망하고, 매달리고 원망하고. 갈피를 잡지 못하는 여자 앞에서 남편은 그저 앓는 소리를 내거나 아랫입술을 불룩 내밀고 손세수를 했다.

베란다에서 속을 삭히는 여자에게 남편이 소리를 질렀다.
"안 들려! 음악 소리 좀 낮춰봐! 누나 전화야!"

여자는 소라의 방으로 건너가 블루투스 스피커 볼륨을 낮췄다. 때마다 소라의 선물을 챙겨주던 소라의 고모는 몇 년 전부터 고모부와 치킨집을 하고 있었다. 처음 치킨집을 차리고는 경험이 없어 고생을 했지만 요즘 제법 자리를 잡은 모양이었다.

여자는 시계를 보았다. 하교 시간이 다가오고 있었다. 가스레인지 위에 김치찜 냄비를 올리고 불의 세기를 중불에 맞춰두었다. 통화를 마친 남편이 주방으로 왔다.

"누나가 온대."

여자와 남편은 잠시 말이 없었다. 여자가 먼저 말문을 열었다.

"형님이 소라 생일을 기억하고 계셨나 보네."

남편은 고개를 갸웃거렸다.

"그런가?"

"소라 생일 때마다 가끔 오셔서 선물을 주셨잖아."

"아무튼 거의 다 왔나 봐."

주인공 없이 갖기로 한 생일 모임에 참석할 사람이 한 명 더 늘었다. 아침까지도 주인공 없는 첫 생일 모임을 남편과 단둘이 가지려고 했다. 사람들을 편안한 마음으로 만날 수도 없었고, 무슨 말을 나누어야 할지도 잊어버렸다. 그렇지만 오늘 낮에 여자는 특별한 사람을 초대하기로 했다. 장을 보러 나갔다가 우연히 아연이와 마주쳤다.

마트에서 무거운 장바구니를 들고 나오는 길이었다. 매장 앞 아이스크림 냉장고에서 소라 또래 학생들이 아이스크림을 고르고 있었다. 매장에서 흘러나오는 음악에 맞춰 춤을 추거나 떠들며 크게 웃었다. 스쳐 지나가려는데 한 아이와 눈이 마주쳤다.

"아줌마……, 소라 아줌마."

가늘게 떨리는 목소리가 익숙해 다시 돌아보았다. 눈에 익은 교복에 노란색 삼선 슬리퍼. 조금 전까지 해맑게 웃던 표정이 창백하게 굳어 있었다. 그날 이후 여자는 아연이를 처음 만났다.
"그래, 너였구나."
"아줌마 머리……."
여자는 삭발한 민머리를 매만졌다. 사람들은 여자의 민머리에 다들 반응했다.
"건강해 보이는구나."
반가운 마음에 손을 내밀자 아연이는 갑자기 뛰었다. 급하게 뛰느라 벗겨진 노란색 슬리퍼 한 짝만이 길 한가운데 놓여 있었다. 아연아, 이름을 크게 불렀지만 아연이는 멈추지 않았다. 여자는 노란색 삼선 슬리퍼를 주워 들고 같이 뛰었다. 노란색 삼선 슬리퍼 대신 무거운 장바구니가 길 한가운데 놓였다.

무쇠솥에서 밥 익는 냄새가 나자 불을 끄고 뜸을 들였다. 잡곡을 싫어하는 소라를 위해 흰쌀로만 지은 밥이었다. 잡곡의 거친 식감을 싫어하는 소라는 어쩌다 콩밥을 지으면 밥공기에 콩만 남겼다. 편식하는 버릇을 고치겠다고 도리질하던 머리를 쥐어박는 시늉을 하고는 했다. 소라가 어릴 때 한번은 여자의 주먹이 엇나가 소라의 머리를 묶었던 방울이 망가졌다. 소라는 부서진 방울을 보며 정말 서럽게 울었다. 아끼는 방울이 망가져 조그마한 마음에 서러움이 복받쳤던 것 같았다. 길게 울면서 여자의 눈치를 보던 어린 소라의 맑은 눈망울이 아리게도 파릇했다.
여자는 뜸이 든 밥을 전자밥통에 옮겨 담으며 십 년도 더 넘은 그 기억에 스스로를 나무랐다. 영양가가 풍부한 음식을 먹는다고 불운이나 액이 비껴가는 것도 아니었는데 괜한 짓을 했다고 후회했다. 그날 이후 여자의 기억력은 어떤 부분에서는 아스라이 흐릿했고, 또 어떤 부분에서는 지나치게 또렷했다. 분홍색 방울에 씨처럼 박힌 하얀 점들, 똑같은 방울을 다시 사주려고 시내에 나가다가 만났던 한동네 사람들, 엄마가 자신의 머리를 때려서 머리방울이 부서졌다고 떠벌리던 소라의 작은 입, 그 입을 막았던 여자의 부끄러운 손바닥. 하나를 자책하고 나면 더 이상 아무 기억도 나지 않았으면 좋으련만 여자를 끝까지 벌하려는 것인지 마주치는 사람과 사물과 장소는 소라에게 상처를 주었던 사소한 말과 행동까지 떠오르게 했다. 소라를 다시 만난다면, 미안하다고 사랑한다고 꼭 안아주고 싶었지만 용서를 구할 수조차 없었다. 차라리 치매라도 걸렸으면 좋겠다고, 남편에게 베어지고 갈라진 속마음을 털어놓고는 했다.

 음식 준비가 대충 끝나자 여자는 딸기를 씻기 위해 냉장고를 열었다. 소라를 임신하고 겨울부터 봄까지 매일 먹었던 딸기였다. 주변 사람들은 딸기만 찾는 여자를 보고 딸이 틀림없다고 했다. 남편은 그 말이 듣기 싫어 슬그머니 자신이 꾼 태몽으로 말머리를 돌리고는 했다. 밭에서 커다란 무를 캐는 꿈을 꾸었다고 했지만, 주변 사람들 말대로 딸기처럼 예쁜 소라가 태어났다. 딸이라는 말에 아랫입술을 불룩 내밀고 손세수를 했던 남편은 소라가 옹알이를 시작하자 연신 싱글거렸다. '엄마, 아빠'를 옹알거리던 소라가 앞니 두 개로 딸기를 깨무는 사진은 소라의 방 책상 위에 아직도 있었다. 여자가 가장 좋아하는 소라의 사진이었다.

여자는 야채 칸의 딸기를 꺼내려다 엄지발가락의 통증에 어금니를 깨물었다. 노란색 삼선 슬리퍼를 주워 들었지만 열아홉 살 소녀를 제대로 따라잡을 수 없었다. 골목으로 내달리는 아연이를 따라 모퉁이를 돌다 그만 전봇대에 발부리가 걸리고 말았다. 여자는 부딪힌 발을 붙잡고 길바닥에 주저앉았다.

'도대체 어쩌려고 뛰었을까.'

여자는 자신이 한심스러웠다. 아린 엄지발가락을 살피는데 누군가 옆에 와 섰다. 올려다보니 아연이었다. 한쪽 발에는 노란색 삼선 슬리퍼를 신고, 다른 한쪽 발에는 하얀색 양말인 채였다.

"소라 아줌마, 괜찮아요?"

"아줌마는 괜찮아. 이거 흘리고 갔기에."

여자는 주저앉은 채로 노란색 삼선 슬리퍼를 건네주었다. 아연이는 신지 않고 두 손으로 받아 들었다.

"아줌마, 저 수업 빼먹은 거 아니에요. 동아리 친구들하고 선생님 심부름 나왔다가 아이스크림 사 먹으려고 잠깐 마트에 들른 거예요."

"그럴 수도 있지. 너무 모범생이면 재미없잖아."

"오늘 소라 생일이죠? 저 기억하고 있어요. 까먹지 않았다고요. 편지도 쓰고 선물도 준비했어요."

여자가 힘겹게 엉덩이를 털고 일어나 두 팔을 벌렸다. 아연이가 여자에게 안겼다.

"아줌마, 죄송해요. 제가 소라 끌고 나오려고 했어요. 정말이에요. 믿어주세요. 소라가 안내 방송 따라야 한다고 오히려 끝까지 저를 말렸어요. 소라가 자기는 외동딸이라 엄마 아빠 걱정시키고 싶지 않다고 나오지 않았거든요."

여자는 아연이를 꼭 안았다. 아연이의 눈물이 여자의 뺨에 느껴졌다.

'그래, 살아 있는 게 바로 이런 거지.'

여자는 아연이도 가엽고 소라도 그리웠지만, 아연이가 멀어질 때까지 울지 않았다. 대신 소라의 단짝인 아연이가 소라의 몫까지 두 배로 잘 살아주길 빌었다.

아연이가 떠난 골목길에 봄바람이 불었다. 문득 정신을 차리고 보니 노란색 삼선 슬리퍼 한 짝을 가슴에 안고 있었다. 조금 전에 아연이가 흘린 슬리퍼였다. 집으로 가져와 유일하게 되돌아온 소라의 노란색 삼선 슬리퍼 옆에 나란히 두었다.


냉장고 문을 닫으려는데 자석으로 붙여둔 플라스틱 카드가 떨어졌다. 소라 앞으로 발급된 명예주민등록증이었다. 지난해 갈아입을 옷을 가지러 집에 들렀을 때였다. 우편함에 수북이 꽂아져 있는 우편물 중에서 주민등록증 발급통지서를 찾아내었다.

'귀하께서 주민등록증 발급 연령이 되었음을 알려드리오니, 주민센터에 나오시어 주민등록증을 발급받으시기 바랍니다.'

강소라, 이름 석 자 아래의 구절을 읽고서 여자와 남편은 바닥에 주저앉았다. 소라가 주민등록증 발급 받을 나이가 되었다는 걸 여자도 남편도 잊고 있었다. 주민등록증 발급통지서에는 담당자와 문의 전화번

호가 있었다. 남편은 행정복지센터 담당자에게 전화를 걸었다.

"지금 사람 갖고 노는 겁니까. 대한민국이 다 아는 일인데 주민등록증 발급통지서를 보내고. 이걸 받아든 부모 마음이 어떨지 생각이라도 해보았소?"

나직이 말하던 남편은 감정이 격해져 목소리를 높였다. 소라에 대해 새로이 밝혀진 사실도 들려온 소식도 없었다. 여자와 남편의 삶은 그날 이전과 이후가 완전히 달라졌지만, 세상은 그대로 견고했다. 담당자는 기어들어가는 목소리로 실종 신고가 되어 있지 않아 자신도 어쩔 수 없었다는 답변만 되풀이했다.

여자는 명예주민등록증을 주워 들었다. 명예주민등록증에 인쇄된 소라의 사진에서 눈을 들어 남편을 찾았다. 남편은 주방과 거실을 오가며 수저와 반찬을 나르고 있었다. 남편도 가장이 아니었다면 여자를 붙들고 베어지고 갈라진 흠집을 드러낼 수 있었을까. 너무 힘들다고, 죽고 싶도록 힘든데 언제 소라가 나타날지 몰라서 죽을 수도 없다고. 여자는 남편에게 소라의 명예주민등록증을 내밀었다.

"소라 아빠, 나 자꾸 이상한 상상을 해. 남들이 들으면 나보고 미쳤다고 하겠지? 혹시 소라가 무인도에 표류되었을 수도 있잖아. 로빈슨 크루소처럼 아무도 못 찾을 만한 섬에. 소라는 열심히 나무를 모아다 뗏목을 만들고 있고. 그래서 못 돌아오는 거고. 나중에 나하고 소라 아빠하고 할머니 할아버지가 되었을 때라도 다시 돌아오면 명예주민등록증 말고 진짜 주민등록증 발급받았으면 좋겠다."

명예주민등록증을 받아든 남편의 가슴이 오르락내리락거렸다. 감정을 누르는 게 느껴졌다. 끓고 있는 김치찜에서 맵고도 기름진 냄새가 퍼졌다.

"김치찜도 다 끓었나 보네. 상 차리자."

여자가 냄비 뚜껑을 여는데 잠가놓지 않은 현관문이 열렸다. 고모였다. 고모는 여자와 남편의 얼굴을 보자마자 눈시울을 붉히고 교자상을 둘러보았다. 교자상 한가운데에는 열아홉 개의 생일 초가 꽂힌 케이크가 그 옆에는 딸기를 깨무는 소라의 사진 액자가 놓여 있었다.

"다행히 밥은 먹고 지내는구나."

여자와 남편은 무안해서 고개를 숙였다. 고모의 눈길이 여자의 민머리에 닿았다.

"소라를 내가 얼마나 예뻐했는데, 너희들은 얼마나 힘들겠니."

고모가 남편을 잠시 안았다. 핏줄의 위로에 새삼 울컥해진 남편은 고모와 함께 교자상 앞에 앉았다.

여자는 김치찜을 오목한 접시에 담아내 왔다. 부들부들한 돼지고기의 기름기를 곰삭은 김치가 칼칼하게 감싸고 있었다.

"고모도 김치찜 좋아하시잖아요."

여자의 권유에 고모는 핸드백에서 손수건을 꺼내 눈물을 훔쳐냈다.

"차 안에서 매형이 기다리고 있어."

"매형은 왜 들어오시지 않고."

남편이 의아한 눈빛으로 고모를 보았다.

"매형이 너희들 볼 면목이 없다고."

"매형, 별일 없는 거죠?"

"너희 둘 다 핸드폰을 받지 않아서, 집으로 전화하다 보니 여기까지 오고 말았다."

고모는 한참을 망설이다 다시 입을 열었다.

"상가 주인이 이번 달 안에 보증금을 올려주지 않으면 나가라는구나. 매형 퇴직금으로 차려서 이제 겨우 자리 잡았는데……."

여자는 허리가 결려 앉아 있을 수가 없었다. 자리에서 일어나 소라의 방으로 갔다. 고모는 남편을 붙들고 계속 소라의 생일 모임과 상관없는 이야기를 했다.

"요즘 경기가 안 좋다 보니 그런 큰돈을 누가 갖고 있겠니."

고모는 말을 멈추고 다시 손수건으로 눈물을 훔쳤다.

"듣자 하니 보상금이 많다고 하던데……."

여자는 고모의 뒷말을 차마 들을 수가 없었다. 블루투스 스피커 볼륨을 최대한 올렸다. 남편은 그대로 그 자리에 앉아 무심한 칼질을 받아내며 베어지고 갈라지고 있었다. 어쩌면 남편이 여자를 위해 가까스로 견디고 있을지도 모른다는 생각이 얼핏 스쳤다. 주방 창문 너머 벚꽃잎이 어지러이 휘날리고 있었다.

열린 창문으로 봄바람이 불어왔다. 여자는 다시 시계를 보았다. 초대한 손님이 올 시간이었다. 현관에는 각자의 주인을 기다리는 노란색 삼선 슬리퍼 한 쌍이 나란했다.

짠바람이 불고 있다

 팬티를 끌어 내렸다. 정화도 앙탈을 부리지 않았다. 모텔을 들어설 때만 해도 요리조리 빼더니, 벗기기 편하게 엉덩이까지 살짝 들어 올렸다. 조금만 기다려라. 이 빳빳한 오빠가 간다. 전력 질주하려는데 모텔 방을 뒤흔드는 소리가 났다.
 애 울음소리였다. 돌아보니 정화 아들이었다. 재우기 위해 물려놓은 젖병이 뒤척일 때 입에서 빠진 모양이었다. 나는 일어서려는 정화의 팔을 잡아당겼다. 하지만 정화는 뿌리치고 아들한테 갔다. 하긴 애가 우는데 기분이 날 리가 없었다. 정화는 아들을 안고 젖병을 물려줬다. 벌거벗은 젖가슴에 애를 안고 있는 모습이 제법 애 엄마다웠다. 저런 면도 있었나. 정화를 찬찬히 뜯어보았다.
 허리까지 늘어뜨리고 다니던 탐스러운 생머리는 싹둑 잘라 볶았다. 그리고 보니 사내 녀석들 바지 속에 감추어진 물건을 꼴리게 하던 큰 젖가슴도 약간 처진 것 같았다. 결혼해서 애까지 낳았으니 변하는 것도 무리가 아니었다. 그러나 몇 년 전의 정화를 생각하면 도저히 납득이 안 되는 게 있었다. 그건 할머니 고쟁이 같은 왕 팬티였다. 아슬아슬한 미니스커트를 입고서도 끈 팬티만 고집하던 항구 끈 팬티 정화가 남자를 만나러 오면서도 왕 팬티를 입고 나타날 줄이야. 세상 오래 살고 볼 일이었다.

정화는 아들을 재운다면서 고작 유행가를 불러주고 있었다. 노래 부르는 표정도 진지했다. 그래도 정화 아들은 제 엄마 마음을 아는지 유행가를 들으면서 잠이 들었다.

"모텔로 오라고 했을 땐 눈치껏 애 좀 놔두고 오지."

"그러는 오빠는 왜 애를 데리고 있어? 애 엄마가 도망이라도 간 거야?"

정화는 옆에 누워 자고 있는 내 아들을 미심쩍게 들여다봤다. 완전히 김이 새버린 나는 자리에서 일어나 앉았다. 아들을 쳐다보고 있자니 머리가 아팠다. 이제 칠 개월인 아들은 어른 팔 길이만 했다. 정화 아들하고 사 개월밖에 차이가 나지 않는데도 확실히 덩치며 울음소리까지 작았다. 저걸 언제 사람 구실할 때까지 키울까 싶어 속이 갑갑했다.

"몰래 바람피웠구나."

"그냥 그렇게 됐어."

"그럼 바람피우다 들켰구나."

"아니라니까!"

내가 소리를 지르자 정화는 마음이 상했는지 돌아앉았다. 사실 이러려고 불러낸 건 아니었는데. 모처럼 만났는데 이상스레 처음부터 분위기가 꼬였다. 무안해진 나는 정화를 끌어안고 다시 누웠다. 일단 암내

물씬 풍기는 정화를 안고 눕긴 누웠는데, 항구 최고 사나이 최성기 꼴이 말이 아니었다. 어릴 적 교회에서 들었던 십자가에 매달린 예수처럼 우편에는 옛 애인의 아들이, 좌편에는 엄마 잃은 가엾은 내 아들이 나란히 누워 있었다. 우울한 기분에 물건마저 사타구니에 오그라져 붙었다. 이런 기분을 아는지 모르는지 정화는 언제 그랬느냐는 듯 다시 폭 안겨왔다. 유난히 감겨오는 정화를 보고 있자니 궁금해졌다.

"남편은 잘해주냐?"

"말도 꺼내지 마. 나보고 바람기가 있다나."

"그래서 저런 팬티 입고 다니냐?"

정화의 왕 팬티를 강아지처럼 입에 물고 흔들었다. 정화는 창피한지 왕 팬티를 잡아 빼 이불 밑에 얼른 밀어 넣었다.

"옷장 뒤져서 내 속옷까지 검사한다니까."

"그 새끼 변태 아니야."

"차라리 변태면 낫게. 변태하곤 살아도 토끼 좆하곤 못 살겠다니까."

정화의 그 말 한마디는 기운을 북돋웠다. 탄탄한 가슴팍을 손바닥으로 치면서 호기를 부렸다.

"정화야, 오랜만에 오빠 좀 제대로 불러봐라."

추억이라도 더듬는지 정화의 양쪽 눈알이 가운데로 쏠렸다. 그러다가 가볍게 쥔 손으로 내 어깨를 두들겼다. 시집가서 애까지 낳은 가시나가 내숭은. 내가 두 눈을 부릅뜨자, 정화는 웃음을 삼키고 입을 조그맣게 열었다. 나는 숨이 막히도록 정화를 껴안으면서 다시 부추겼다.

"성기 오빠!"

예쁜 것. 그래도 예나 지금이나 오빠가 죽으라면 죽는시늉까지 하는 건 너 정화밖에 없다. 그때 꼰대가 그렇게 난리를 치지만 않았어도. 힘껏 정화를 안고 있자니 마음 저 깊은 곳으로부터 치밀어 오르는 것이 있었다.

항구를 뜨기 전 그러니까 지금으로부터 삼 년 전, 나는 유원지 부근에 카페 자리를 찜해두었다. 급매물로 나왔다는 나대지를 가계약하기 위해 집에 있는 금까지 몰래 내다 팔았다. 돈이야 내 주머니에는 한 푼도 없었다. 해피 형도 종합어시장에 알짜배기 가게를 가진 꼰대를 보고 떡방과 다리를 놓아준 거였다. 꼰대가 내 말에 쉽게 넘어올 위인은 아니었다. 하지만 바닷가에 위치한 유원지는 드라이브족들이 즐겨 찾는 곳인 데다, 인근에 국제 신도시까지 건설되어 전망이 좋다는 떡방의 귀띔이 달짝지근했다.

떡방과 다리를 놓아준 해피 형은 나보다 한 살이 많았다. 해피 형의 부모님도 꼰대처럼 어시장에 가게를 가지고 있었다. 어시장 후문 근처 동양상회에서 회 접시와 스티로폼 상자를 배달 판매했다. 둘 다 어시장을 놀이터 삼아 자라나서인지 죽이 잘 맞았던 해피 형의 이름은 따로 있었다. 이봉출. 항구 해파리 이봉출을 해피 형이라고 부르게 된 건 형이 늘 자기 자신을 히피라고 했기 때문이었다. 해파리가 아니라 히피라는 말에 나는 피식거렸지만, 해피 형은 아주 진지했다. 자신은 드넓은 바다를 헤엄치는 거대한 고래처럼 자유로운 영혼의 히피라고 우겼다. 도대체 어디서 주워들었는지 모르겠지만, 어울리지도 않는 소리를 지껄이

느라 두꺼운 입술을 실룩거렸다. 내가 아는 해피 형은 자유로운 영혼이라기보다 놀고먹기를 좋아하는 양아치였다. 동네에서 좀 논다고 히피가 되는 건 아니어도, 나름 행복한 사람이라는 점은 인정했기에 그냥 해피 형이라고 불렀다. 근사해 보이는 걸 좋아하는 해피 형은 정수리 부분의 머리만 길게 길러 노랗게 물들인 닭벼슬 머리에 큼직한 귀걸이, 목걸이, 팔찌를 달고 다녔다. 요란한 외모와 달리 해피 형은 말수도 적고, 말도 느렸다. 하모니카를 입에 물고 항구를 향해 싱긋이 웃고는 했다. 그럴싸한 연주를 기대한 적도 있었지만, 하모니카를 부는 걸 들어본 적은 없었다. 해피 형답게 힘들게 연주법을 익히는 것보다 멋지게 입에 물고 있기를 좋아했다. 그런 해피 형의 꿈이 웃겼다. 세상에서 가장 거대한 고래를 찾아가는 거란다. 나는 세상에서 가장 거대한 고래는 도대체 어디에 있냐고 물어보았다. 해피 형은 대답 대신 가슴에 손을 얹었다. 나는 더 이상 묻지 않았다. 해피 형이 정신 나간 인간이란 건 고등학교 담을 넘어 피씨방을 함께 드나들 때부터 알고 있었다.

세상에서 가장 거대한 고래를 꿈꾸는 해피 형이 새살대던 카페에 대한 밑그림은 멋졌다. 바다가 내려다보이는 건물에 일 층은 카페, 이 층은 살림집으로 몸매 죽이는 정화와 멋지게 사는 모습이 그려졌다. 이제 남은 건 어떻게 꼰대를 구슬려 꿍쳐두기만 하고, 풀 줄 모르는 돈주머니를 열게 하는가였다. 클럽 사이키 조명처럼 번쩍거리며 빠르게 돌아가는 세상 속에서 유독 변하지 않는 꼰대였다. 돈주머니가 열릴 것처럼 분위기 좋게 잘나가다가도, 꼭 고장 난 음반처럼 엉뚱하게 튕겨져 나오는 할아버지의 멀건 밀기울 죽과 꼰대의 불어터진 라면발에 대한 지겨운 사연. 항구 노역자로 일하던 할아버지와 가장 큰 가게의 심부름을 도맡아 하던 젊은 꼰대가 일구어낸 성기수산의 신화. 그러나 내가 누군가. 나로 말할 것 같으면 꼰대의 유일한 핏줄인 동시에 외아들. 꼰대가 가지고 있는 가게도 내 이름 두 글자를 딴 성기수산. 가끔 짓궂은 상인들이 내 앞을 지나칠 때 바지 앞섶에 주먹을 대고 농을 건네고는 하지 않던가, 어이, 성기수산! 어차피 내 거였다. 며느리 보고 손자 손녀 생기면 꼰대도 그 재롱이나 보며 노년을 즐길 나이가 되었다. 할아버지가 멀건 밀기울 죽을 드셨던, 꼰대가 불어터진 라면발로 배를 채웠던 세상은 바뀌었다. 나는 너무 잘 먹어서 탈인 세상에 살고 있었다. 이런 차이가 꼰대가 나를 제대로 이해할 수 없게 만든 이유라면 이유였다.

내 포부에 덩달아 들뜬 정화를 집으로 데리고 가 꼰대에게 인사를 시켰다. 그러나 꼰대는 정화를 위아래로 훑어보더니 이내 고개를 돌리고, 입도 뻥긋하지 않았다. 하기야 정화 옷차림이 좀 그렇긴 했다. 대충 말해뒀으면 눈치껏 입고 나올 줄 알았다. 그랬더니 배꼽티에다 미니스커트를 입고 그 큰 엉덩이를 흔들며 나타났다. 제 딴에는 예쁘게 보이려고 화장까지 짙게 하고서. 곰 같은 가시나. 내가 시아버지 될 사람이어도 어디 눈 둘 데가 없었을 거다. 그래도 꼰대가 뭐 씹은 표정으로 앉아 있든 말든 미리 생각해둔 대로 큰절부터 올렸다.

"아버지, 저희 절 받으세요."

큰절을 마치고 앉아 있자니 간만에 차려입은 양복이 불편했다. 목을 졸라대는 넥타이를 느슨하게 늦추며 헛기침을 했다. 정화도 허벅지를 다 드러내고 앉아 있기가 무안한지 차라도 내오겠다며 주방으로 들어갔다. 난 그런 정화를 잘 달래 집으로 돌려보냈다. 꼰대 성질이 그랬다. 정화가 차라도 내온다고 쉽게 돌변할 성질이 아니었다. 아닌 게 아니라 정화를 배웅하고, 조용히 방 안으로 들어가는데 꼰대의 가래 끓는 소리가 들려왔다.

"젖퉁이 큰 년은 헤퍼서 못쓴다고 했지."

또 시작이다 싶어 방문을 닫고 방바닥에 드러누웠다. 그러나 제 성질을 못 이긴 꼰대가 방문을 열면서 고함을 질렀다.

"네 엄마처럼 젖퉁이 큰 년은 헤퍼서 안 된다고 내가 말했지!"

"내가 데리고 살지. 아빠가 데리고 살 거야?"

내가 말대꾸를 하자 꼰대는 불타오르는 눈빛으로 쏘아보았다. 나는 움찔했다. 그것은 마치 도망간 엄마를 향해 저주를 퍼붓던 그 눈빛과 같았다. 세월이 꼰대의 팔팔한 기운은 앗아갔을지언정 아직 그 눈빛만은 앗아가지 못했다. 꼰대가 방문을 세차게 닫고, 현관문을 박차고 나가자 다시 팔베개하고 누웠다. 이날을 위해 준비해두었지만, 꺼내보지도 못한 말을 공중에 띄워 보냈다.

"아버지, 이제 결혼도 하고, 사람 구실, 아들 노릇하면서 카페를 운영해보고 싶습니다."

거울을 보면서 표정과 목소리까지 바꿔가며 연습한 말이 우습게 들렸다. 비위를 맞추느라 한 달 넘게 꼰대 가게에 꼬박 붙어 있었던 게 억울할 뿐이었다. 큰절을 올리면서 했던 말이 목울대를 타고 올라왔다.

"아버지!"

역시 어색했다. 우리 부자지간에 아버지는 무슨 아버지. 어차피 이렇게 욕설로 끝날걸. 한참 쓴웃음을 삼키다가 꼰대의 말을 떠올려보았다. 듣고 보니 정화가 도망간 엄마를 닮은 것도 같았다. 어디를 닮았나 하면, 어릴 적 졸릴 때마다 조막만 한 손으로 만지던 엄마의 큰 젖가슴. 그리고……, 그다음은 솔직히 잘 몰랐다. 애써 기억을 떠올려보았지만, 엄마에 대한 기억은 없는 거나 마찬가지였다. 그때 나는 똥오줌이나 겨우 가릴 정도의 나이였으니까.

  항구 하역부와 눈이 맞은 엄마는 야반도주했다. 밤새 고스톱판에 붙어 있다가 점심 무렵에나 그 사실을 안 꼰대는 완전 맛이 갔었다. 사방팔방을 날뛰며 찾으러 다녔다. 하지만 엄마는 어디에 숨어 잘살고 있는지 내가 이 나이 먹도록 연락이 없었다. 한때는 그런 엄마가 야속도 했지만, 철들고는 생각이 바뀌었다. 정말 잘살고 있는 거라면 항구에는 얼씬도 말아주길. 두 사람이 자기 손에서 작살이 나야 직성이 풀리는 건지 꼰대는 술만 들어가면 밤새도록 상상력을 총동원해 저주를 퍼부어댔다. 하긴 성기수산의 신화를 일구어낸 꼰대 성질에 도저히 용서가 안 됐을 거였다. 마누라가 어디서 굴러먹다 온지도 모르는 항구 하역부와 눈이 맞아 도망갔으니 말이다. 폼생폼사 꼰대, 그때 인생의 절반이 꺾였다.

  정화가 큰 젖가슴 때문에 쫓겨나간 날, 꼰대는 밤늦도록 집에 들어오질 않았다. 그렇다고 걱정할 필요는 없었다. 꼰대가 나가봤자 뻔했다. 그 시간 항구 일대에서 꼰대가 가 있을 만한 곳은 딱 두 군데 중 하나였다. 늙은 작부를 끼고 술을 마시거나, 고스톱판에 붙어 있거나. 술 마시러 나갈 기분도 아니라 눈이라도 붙이려는데 현관문을 발로 걷어차는 소리가 들렸다. 동네 개들이 일제히 짖었다. 꼰대는 현관 쪽에서 한참을 구시렁거리더니, 안방으로 들어가지 않고 내 방문을 열었다.

"허파에 바람만 잔뜩 든 놈!"

술에 취했는지 혀가 꼬부라지다 못해 둘둘 말렸다. 이럴 때는 모른 척하고 자는 게 나았다. 괜히 말대꾸라도 하면 말꼬리를 잡고 놔주지를 않았다.

동네 개들도 다시 잠잠해졌다. 바로 곁에서 비릿한 짠바람 냄새가 났다. 어느새 방 안에 들어온 꼰대가 내 멱살을 잡았다.

"머리통 좀 굵어졌다고 아빠를 우습게 알고. 장롱에서 금붙이까지 몰래 빼다가 닭벼슬 놈하고 꿍꿍이속을 꾸미고 다니는 거 내 모를 줄 알고."

닭벼슬 놈은 해피 형이었다. 해피 형과 내가 일 벌이고 다니는 걸 꼰대가 눈치챈 모양이었다. 손을 잡아떼려는 나와 멱살을 움켜잡은 꼰대의 실랑이가 한동안 벌어졌다. 그런데도 꼰대는 손아귀에 힘을 주고 놓지 않았다. 그러면서 똑같은 욕설을 퍼붓고 있었다.

"네 엄마처럼 너 좋은 데 가서 살아라."

숨통이 막혀오자 어쩔 수가 없었다. 나는 꼰대의 사타구니를 세차게 걷어찼다. 그러자 생각보다 쉽게 꼰대가 바닥에 나가떨어졌다.

"나가면 되잖아! 길바닥에 갖다 버리지 왜 데리고 살았어! 보육원에라도 갖다 버렸으면 이 더러운 꼴은 안 보고 살았을 거 아냐!"

뛰쳐나가다가 돌아보니 꼰대는 아직도 방바닥에서 허우적거리고 있었다. 이 꼴 저 꼴 보기 싫을 때는 뜨는 게 최고였다. 나는 그날로 항구를 떴다.

배를 채운 젖먹이처럼 나른해진 몸을 일으켰다. 정화도 이불 밑에 감춰둔 왕 팬티를 슬그머니 꺼냈다. 모텔방 창문의 나무 덧문을 활짝 열어젖혔다. 맞은편 건물 밖으로 튀어나온 중국집 환풍구가 정면으로 보였다. 잠자리채를 휘두르면 창문 난간에 놓아둔 빈 화분도 낚아챌 수 있는 거리였다. 환풍구는 기름 냄새가 밴 연기를 내뿜고 있었다. 허연 연기도 건물과 건물이 맞닿을 듯한 좁은 골목이 답답한지 너른 바다를 향해 몰려가고 있었다. 바깥 날씨가 궁금해 창문을 열었다.

모텔 맞은편 건물에서 길을 건너면 바로 항구가 있었다. 주변 건물들만큼 낡은 항구에는 작은 섬들을 육지와 연결해주는 여객터미널과 중국을 오가는 국제여객터미널이 나란히 있었지만 모텔방에서는 보이지 않았다. 이 일대 오래된 건물들은 해풍을 피해 바다와 직각을 이루고 있기 때문이었다. 바다 전망을 탐내는 카페나 횟집들과는 대조적이라고 할 수 있었다. 차라리 잘된 일인지도 몰랐다. 창문 너머로는 짠바람 부는 지겨운 항구를 조금도 볼 수 없으니 말이다.

오소소 돋는 소름에 창문을 도로 닫았다. 유리창을 따뜻하게 데운 오후의 가을 햇살과는 달리 불어오는 바닷바람이 차가웠다. 달랑 왕 팬티만 걸치고 욕실로 향하는 정화를 불렀다.

"나랑 같이 살래?"

정화는 표정 없는 얼굴로 나를 쳐다보다가 욕실로 들어갔다. 정화 뒤통수에다 대고 덧붙였다.

"잘 생각해봐. 지금 당장 결정하라는 건 아니니까."

하지만 말이 끝나기도 전에 욕실 문이 세차게 닫혔다. 머쓱해진 나는 잠든 아들 얼굴을 내려다봤다. 일자리를 구해보려고 해도 아들 녀석 맡길 데도 없었다. 아들 얼굴 위로 흥건한 어시장 바닥을 질척질척 걸어가는 꼰대의 모습이 겹쳐졌다. 머리를 힘껏 흔들며 꼰대의 모습을 떨쳐냈다.

항구를 뜬 후 도시로 나가 수산시장 잡일부터 시작했다. 그리고 도시에 익숙해지면서 대리운전과 카바레 웨이터까지, 배운 거 없고 배경 없는 놈이 할 수 있는 일들을 했다. 객지 생활이 고될 때는 고되어도 고층 빌딩 사이를 걸어갈 때면 콧노래에 다리가 건들건들해졌다. 사람 사는 맛이 이거구나 싶어 힘든 줄도 몰랐다. 도시는 역시 여자들도 물이 달랐다. 물 좋은 도시 여자들하고 어울리다 보니 항구 끈 팬티 정화도 기억에서 사라졌다. 카바레에서 일할 때 만난 백댄서랑 낳은 아들이 하필 할아버지를 쏙 빼닮았다. 애 엄마가 도망가고 나서 카드빚에 쫓겨 여기까지 왔지만, 여기가 끝은 아니라고 믿고 싶었다. 짠바람 너머 그 어딘가에 세상에서 가장 거대한 고래가 헤엄치고 있을 것만 같았다.

애써 마음을 다진 뒤 정화의 지갑을 뒤지려는데 욕실 문이 열렸다. 나는 딴청을 피우며 콧노래를 불렀다. 젖은 머리카락을 수건으로 감싼 정화는 유행가를 부르며 제 아들을 들여다보았다.

"예쁘냐?"

"예쁘기는 웬수지."

정화는 느닷없이 한숨을 내쉬었다.

"몰라. 결혼이 이런 건 줄 몰랐단 말이야. 돈 잘 버는 남자라고 엄마가 하도 등 떠밀기에 이것저것 딱 눈감고 결혼했는데. 시어머니는 대책 없는 년이라고 눈치 주지, 남편은 헤프다고 돈 안 주지, 거기다 애 때문에 마음대로 돌아다닐 수도 없지."

아줌마 아니랄까 봐 넋두리는. 그런 넋두리라면 귀에 딱지가 앉을 정도로 듣고 살아온 나였다.

"집에 갈 거면 어서 가."

벌떡 일어나 정화의 팔을 끌어당겼다. 그런데 정화는 일어날 생각은 안 하고 날 쳐다보았다.

"그때 오빠가 연락 없이 뜨지만 않았어도 이런 일은 없었잖아."

의외로 나직한 목소리였다. 그러면서 계속 눈길을 떼지 않았다. 추궁하는 눈초리였다. 내가 찔리는 구석이 아주 없는 건 아니었다. 그렇지만 정화가 내가 돌아오기만을 기다린 것도 아니었다.

"알았어. 알았으니까, 어서 애 데리고 가."

"안 가."

나는 내 귀가 의심쩍어 되물었다.

"안 가?"

대답 대신 정화는 내 손에 잡힌 자신의 팔을 뺐다. 그리고 엉덩이를 바닥에 단단히 붙이고 앉았다.

"안 간다니까."

그래도 나는 의심의 눈초리를 풀지 않았다.

"정화야, 항구 최고 사나이 최성기 못 믿냐?"

"그러니까 못 믿지. 최성기니까."

"오빠가 항구를 뜨기 전의 그 오빠가 아니다. 내 아들을 앞에 두고 맹

세컨대 나 최성기가 다시 내빼면 그땐 개다, 개."
 나는 혓바닥을 내밀고 개 흉내를 냈다. 그런 나를 보면서 정화는 웃었다.
 "개만도 못하게 다시 도망가기만 해봐!"
 그러나 내 입에서는 다짐 대신 엉뚱한 말이 튀어나왔다.
 "너 돈 좀 가진 거 있냐?"
 정화가 치맛단을 뒤집어 왕 팬티를 다시 보여줬다.
 "돈 있으면 이런 팬티 입고 다니겠어."
 "요즘 누가 잘나가냐?"
 "다들 그렇고 그렇지. 그나마 해피 형이 돌아와 마음잡고 어시장에서 일한대."
 그 말을 듣고 나는 잠깐 나갔다가 온다며 옷을 입었다. 아들 분유 살 돈이 급했다. 화들짝 놀란 정화가 내 바지를 잡고 늘어졌다. 성질을 한껏 죽이고 매달리는 정화를 달랬다.
 "오빠가 먹을 것 사 올 테니까 애들 좀 보고 있어."
 끝내 못 미더워하며 불거져 나온 정화의 입술에 내 입술을 세게 비볐다.

 모텔 밖으로 나오면서 모자를 깊이 눌러썼다. 어시장은 빠른 걸음으로 오 분 거리밖에 되지 않았다. 꼰대 가게가 가까운 어시장 정문을 피해 후문 쪽으로 돌아갔다. 해피 형이 다시 돌아와 일한다는 곳이 어디인지는 굳이 물어볼 필요도 없었다.

항구를 뜬 뒤, 떡방에 미리 준 가계약금은 단념했다. 계약을 파기한 쪽은 나였으니까. 그런데 도시에서 우연히 만난 항구 패거리 중 한 명으로부터 뜻밖의 사실을 전해 들었다. 해피 형이 나 말고도 여기저기에 급매물로 나온 나대지에 관한 이야기를 흘리고 다녔고, 가계약금으로 여러 사람에게서 받은 돈을 들고 사라졌다는 것이었다. 어쩐지 떡방 사람들과 붙어 다니며 투자 가치가 어쩌니저쩌니 떠들고 다닐 때부터 알아봤어야 했다.

어시장 후문에서 가까운 동양상회에 들어섰다. 사십 넘어 낳은 아들이 머리에 닭벼슬을 세우던, 노란 물을 들이던, 무심하던 해피 형 부모님이 가게를 지키고 있었다. 몇 년 새 기력이 더 떨어졌는지 카운터 뒤쪽 장판 깐 구들 위에 이불까지 뒤집어쓰고 앉아 있었다. 인사만 꾸벅하고 서 있는데 둥글둥글한 여자가 수레를 끌고 왔다. 끌 때마다 딸딸 소리가 난다고 어시장 사람들이 딸딸이라고 부르는 두 바퀴 수레였다. 노인네들 옆에 스스럼없이 앉는 걸 보니 해피 형의 아내인 것 같았다. 헛웃음이 나왔다. 닭벼슬 머리를 노랗게 물들인 자유로운 영혼의 히피가 가정을 꾸렸다니 말이다.

며칠 전에도 동양상회를 찾아갔다. 해피 형은 얼굴이 돌처럼 굳어졌고, 아기 띠에 안겨 있는 내 아들을 보고는 눈까지 휘둥그레졌다.

"형이 나한테 그럴 수가 있어!"

목깃을 잡았더니 해피 형은 냅다 뛰었다. 길 건너 항구 다방 쪽으로 도망간 해피 형을 사거리를 지나 여객터미널 앞에서 붙잡았다. 내가 애까지 안고 있었지만, 해피 형은 원래 둔했다. 주먹으로 해피 형의 턱을 갈기자 주저앉은 형이 내 다리를 붙들었다.

"성기야, 내가 잘못했어. 나도 뭣 모르고 사기당한 거야."

느리게 터져 나오는 해피 형의 익숙한 말투에 불끈 쥔 주먹을 폈다. 안 그래도 아들을 안고 있어서 제대로 할 수 없는 싸움이었다. 사기당했다는 이야기도 듣고, 해피 형 얼굴도 오랜만에 보니 술 생각부터 났다. 뱃고동 소리를 들으며 포장마차로 향하던 나와 해피 형은 서로의 변한 모습들을 확인했다. 나나 해피 형이나 더 이상 치기 어린 항구 패거리들이 아니었다. 세상에서 가장 거대한 고래를 꿈꾸던 해피 형은 드넓은 바다에서 길을 잃고 항구를 헤매는 고래에 불과했다. 인정하고 싶지는 않았지만, 시간이 그만큼 흘렀다.

며칠 만에 다시 찾아온 나를 해피 형 부모님이 의아한 눈길로 쳐다보았다. 어쩔 수 없이 용건을 둘러대는데 해피 형이 동양상회에 돌아왔다. 역시 붐비는 어시장에서 짐 나르기 편한 딸딸이를 끌고 있었다. 며칠 전에 맞닥뜨렸을 때보다 나를 대하는 태도가 자연스러웠다. 나는 해피 형을 동양상회 밖으로 불러냈다. 해피 형은 여유를 부리며 따라왔다.

"형, 그 돈 당장 다 돌려달라는 건 아니야. 내 사정 알잖아. 다만 얼마라도 줄 수 있는 대로 줘."

해피 형은 오늘 번 돈이라며 내 잠바 주머니에 몇 장 찔러줬다. 꺼내 세어보니 칠만 원이었다.

"이게 뭐야. 이왕 줄 거 십만 원이라도 채워주지."

내가 버티고 가질 않자 해피 형은 동양상회 쪽을 살펴보았다. 자리를 옮기자며 바로 옆에 있는 칼상회 앞으로 끌었다. 일찍 문을 닫은 칼상회 유리문에는 '칼 갑니다', '각종 고급 회칼', '도마 일절'이란 빨간 스티커가 변함없이 붙어 있었다. 해피 형은 심호흡했다. 동시에 해피 형의 눈이 빛났다. 다물었던 입을 열면서 내 손을 덥석 잡았다.

"성기야, 지금은 내가 딸딸이나 끌고서 스티로폼 배달을 다니지만. 내 꿈이 뭔지 기억하지? 세상에서 가장 거대한 고래를 찾아가는 거였잖아. 잊지 마. 아직도 넌 항구 최고 사나이 성기, 난 자유로운 영혼의 히피일 뿐이야. 우리는 변한 게 없다고."

세상에서 가장 거대한 고래는 어디에 있냐고 물었던 항구 패거리 시절처럼 해피 형은 가슴에 손을 얹고 어시장 너머를 바라보았다. 뜻밖의 대꾸에 기가 찬 나는 해피 형을 뚫어지게 쳐다보았다. 닭벼슬도 깡총하게 잘랐고, 즐겨 하던 귀걸이도 볼 수 없었다. 그러나 그래도 해피 형의 스타일을 완전히 버리지는 않았다. 머리를 여전히 노랗게 물들였고, 큼직한 팔찌와 목걸이도 차고 있었다. 더 늦기 전에 세상에서 가장 거대한 고래를 찾아가자는 해피 형을 뒤로하고 자리를 떴다. 머리를 제대로 얻어맞은 충격이었다. 아내와 노부모에 발목 잡힌 해피 형을 보면서 제멋대로 생각했었다. 인생 끝났구나. 그러나 아직까지 세상에서 가장 거대한 고래를 꿈꾸고 있는 해피 형은 여전히 정신 나간 자유로운 영혼의 히피였다. 정작 드넓은 바다에서 길을 잃고 항구를 헤매는 고래는 해피 형이 아니라 나 자신인지도 몰랐다. 다시 볼 일 없을 거라고 큰소리치며 떠났는데도 이 꼴로 꼰대를 찾아와 기웃거리고 있으니 말이다.

애 엄마가 도망간 걸 알았을 때는 눈앞이 캄캄했다. 눈앞에는 이제 겨우 기어 다니는 아들이 있었다. 오다가다 만난 사이라 처가 식구들이

사는 집도 몰랐다. 결혼도 안 하고 낳은 아들을 꼰대가 두 팔 벌려 받아 줄 리도 없었다. 쌓인 카드빚 독촉에 돈 될 만한 일거리는 무엇이든 찾아봐야 했다. 문제는 아들을 돌봐줄 사람이 없었다. 머릿속에 떠오르는 유일한 해결책은 보육원이었다. 하지만 보육원 앞에서 한참을 서성이다 그대로 돌아왔다. 다른 이유는 없었다. 그러나 굳이 딱 한 가지 이유를 꼽는다면, 꼰대도 나를 버리지 않았다는 거였다. 나를 도망간 엄마인 양 불타오르는 눈빛으로 쏘아보며 욕설을 퍼붓기는 했어도 버리지는 않았다.

해피 형에게서 받은 칠만 원을 들고 어시장 안으로 들어갔다. 슬레이트 지붕의 어시장은 저녁 손님들을 받기 위해 조명을 환하게 밝히고 있었다. 어시장 반을 갈라 정문 쪽으로는 젓갈류, 어패류, 선어 도매 가게들이, 후문 쪽으로는 횟집과 건어물 총판매장이 여전히 그 자리들을 지키고 있었다. 나는 고개를 푹 숙이고 어시장 중간 길을 따라 정문 쪽으로 천천히 걸어갔다. 정문에서 오른쪽 끝 라인 두 번째에 꼰대 가게가 있었다. '어패류 3호 성기수산', 상호도 그대로였다. 빨간 두 개의 고무대야에는 암수로 갈린 게들이 바닷물에 잠겨 버둥대고 있었다. 꼰대는 졸음에 겨운지 반쯤 감긴 눈을 비볐다. 짱짱한 몸에 착 감기던 비닐 앞치마와 고무장화도 어쩐지 헐거워 보였다. 얼굴이 낯선 아르바이트 아줌마는 지나가는 손님들을 향해 손짓을 해가며 호객을 했다. 주변 상인들도 행인들을 향해 목청을 높였다. 어릴 때부터 알고 지내던 주변 상인들뿐만 아니라 꼰대도 나를 알아보지 못하는 것 같았다. 내가 사라지자 꼰대가 항구 패거리들을 붙들고 내 거처를 묻고 다닌다는 소식을 두

세 번 전해 들었다. 해가 바뀌자 없던 자식으로 여기라는 주변 상인들의 말에 고개를 끄덕거리면서도 술주정만 더 늘었다는 이야기는 일주일 전 항구로 내려와서 들었다.

어시장에서 헛걸음질만 하고 돌아오는데, 모텔 밖에서부터 애 울음소리가 들렸다. 급히 올라가 보니 주인아줌마가 복도에서 종종거리고 있었다. 나를 발견한 주인아줌마는 격한 감정에 자신의 허벅지를 손바닥으로 내리쳤다.

"총각! 아니, 애 아빠. 어디서 저런 고래 심줄 같은 년을 데려왔어. 다른 방 손님들이 난리야."

끝장을 볼 속셈으로 따라붙는 아줌마를 밀쳐내고, 방문을 열었다. 이제 칠 개월 된 내 아들은 멀찍이 떨어져서 울고 있고, 십일 개월 된 정화 아들은 누워 있는 제 엄마 옷자락을 붙잡고 울고 있었다. 울고 있는 두 아이보다 더 볼 만한 것은 정화였다. 얼굴을 이불에 처박고, 대자로 엎어져 있었다. 나는 내 아들을 품에 안아 올린 뒤 정화의 커다란 엉덩이를 발로 걷어찼다. 꿈적도 안 했다. 발을 들어 정화의 배와 방바닥 사이를 쑤셨다. 그래도 꿈적도 안 했다. 할 수 없이 아들을 내려놓고, 자반뒤집기 하듯 정화를 뒤집었다. 정화는 눈이 부신지 양손으로 얼굴을 가렸다. 가린 손가락 사이로 드러난 얼굴이 꾀죄죄한 걸 보니 울고 있었던 것 같았다.

"애 엄마라는 게 애들이 울면 달래지. 대책 없이 엎어져 있으면 어떡해."

"하나도 지겨워 죽겠는데. 오빠 아들까지 떠넘기고 가면, 나보고 어쩌란 말이야."

그리고 다시 울었다. 나는 아들 녀석에게 젖병이라도 물리기 위해 방바닥에 앉았다. 정화가 혼자 먹다 남긴 닭 뼈가 엉덩이를 찔렀다. 누그러뜨린 감정들이 날카로운 닭 뼈처럼 꼿꼿이 일어섰다. 하지만 화를 낼 수가 없었다. 먹을 것을 사 온다고 하고서 빈손으로 돌아온 걸 깨달았다. 나 역시 끼니를 거르고 돌아다니느라 배가 몹시 고파 저녁 식사를 배달시켰다.

쟁반을 덮었던 신문지를 바닥에 깔고, 다시 그 위에 쟁반을 놓았다. 정화한테 수저를 쥐여주고, 나도 수저를 들었다. 그런데 몇 수저 뜨기도 전에 밥 알갱이들이 혓바닥 위에 나뒹구는 모래알처럼 씹혔다. 까칠한 입맛을 다시며 고개를 들어 모텔방 안을 둘러보았다. 바로 코앞에서는 커다랗게 벌린 목구멍 안으로 밥과 반찬들이 착실하게 넘어가고 있었다. 자기 혼자 치킨을 시켜 먹었으면서 또 밥까지 넙죽넙죽 삼키다니 어이가 없었다. 그렇게 쟁반에 머리를 박고 거들떠보지도 않는 제 엄마를 붙잡고 정화 아들이 흔들흔들 까불었다. 쟁반까지 기어온 내 아들의 머리를 쥐뜯으며 내 눈치를 보았다. 제법 깜찍하게 노는 정화 아들을 갑갑한 마음으로 바라보고 있는데 정화가 나를 쳐다보았다. 손등으로 입가를 훔치는 모양이 자기를 보고 있다고 생각하는 것 같았다.

나는 대충 먹은 쟁반을 옆으로 치우고, 무릎 위에 정화의 머리를 뉘었다.

"넌 그렇게 오빠가 좋냐?"

정화가 대답은 하지 않고 품에 안겼다. 하긴 물어보나 마나였다. 전화 한 통에 애 딸린 유부녀가 모텔까지 쫓아와 눌러앉은 걸 보면.

"오빠가 자릴 잡으면 정화 뭐부터 사줄까, 갖고 싶다던 명품 가방부터 사줄까?"

상상만으로도 행복한지 환하게 웃자 뒷말이 쉽게 나오지 않았다.

"그런데, 너도 알다시피 오빠가 지금은 힘들다. 너도 애 둘 데리고 있기 힘들고. 그러니 당분간 네 아들은 보내자."

정화의 얼굴에서 웃음기가 사라졌다.

"왜 애를 보내야 돼?"

"너도 네 아들 싫다며. 그리고 너는 애 키워줄 시어머니라도 있지만 내 아들은 어디 맡길 데가 없잖아. 더군다나 시댁에서 애까지 데리고 도망간 걸 알면 가만있겠냐? 넌 몰라도 애 없어졌다고 경찰에 신고하면 그때부터 복잡해지는 거야."

제 딴에는 고심이라도 하고 있는지 정화의 눈가는 점점 짙어졌다. 하기야 아무리 곰 같은 가시나라도 고민할 수밖에 없을 것이었다. 왕 팬티와 명품 가방 사이에서 그리고 멋모르고 낳아놓은 아들과 돌아온 옛 애인 사이에서 정화는 흔들리고 있었다.

항구에서 멀지 않은 곳에 정화의 시댁이 있었다. 간신히 달랜 정화의 마음이 변하기 전에 나와 정화는 각각 애들을 안고 거리를 나섰다. 밤이 깊어 사람들의 발길이 뜸한 대신 바람이 온몸을 떠밀었다. 아직 가을이지만 바닷바람 값을 하느라 바람 끝이 매서웠다. 짠바람이었다. 바람 잦은 바다 가까이 살면서 언제부터인가 나는 그렇게 불렀다. 항구 앞바다에서 불어오는 바람 냄새는 여느 바다하고 달랐다. 소금기는 머금었으나 가슴을 알싸하게 파고드는 상쾌함이 없었다. 소금기 머금은 비린내에 화물선과 인근 어시장에서 버린 오물 썩은 내, 몰려드는 사람들의 땀내, 거기에다 중국에서 불어오는 황사바람과 대기 오염 물질까지 더해져 찝찌름하면서도 탁했다.

 정말 나란 인간도 도무지 종잡을 수 없는 놈이었다. 어쩌자고 짠바람 부는 항구에서 알짱거리고 있는 건지. 나란히 걷고 있는 나와 정화를 보면 사람들이 뭐라고 할까. 애 둘 딸린 젊은 부부로 볼까. 꼰대도 미운 아들일지언정 자기를 닮은 자식이 돌아오기를 기다리고 있는 걸까. 구질구질한 이 순간에도 피식 웃음이 나왔다. 어시장 바닥에서 늙어가는 꼰대의 모습에 알 수 없는 분노가 치밀어 오르고는 했지만, 그래도 꼰대랑 살 때는 이렇게 인생이 구겨졌던 적은 없었다. 가게에 나가 물건이라도 나르는 척하면 꼰대는 마지못해 몇 푼 집어주었다. 꼰대가 자리를 비운 사이에는 지폐 몇 장쯤 챙길 수 있었다. 그렇게 챙긴 돈으로 해피 형과 내일이 없는 것처럼 돌아다녔다. 짠바람이 불어오고 불어가는 대로 정말 아무렇지도 않게 시간을 흘러보냈다.

 시댁이 가까워지자 미적거리는 정화의 등을 떠밀었다. 정화는 제 아들을 낡은 초록색 대문 앞에 내려놓고, 내가 기다리고 있는 골목길로 도망쳐 왔다. 그래도 제법 추운 날씨에 대문 앞에서 떨고 있을 제 아들 걱정으로 발길은 떼지 않았다. 잠시 후 벨소리를 듣고 나온 통통한 몸집의 할머니가 정화 아들을 보고는 소스라치게 놀랐다.

"이게 무슨 일이래? 애까지 내팽개치고!"
정화 아들을 보듬어 안은 할머니의 욕설이 어둠을 향해 쏟아졌다.

모텔방으로 돌아온 정화는 눈물을 흘리면서도 실성한 듯 웃었다.
"나쁜 놈, 치사한 놈, 약아빠진 놈. 그래도 난 오빠가 너무 생각나서 항구로 도시로 찾아다녔는데 이제야 거지꼴로 나타나고. 남편이란 놈은 배라도 타보겠다고 나가서는 깜깜무소식이질 않나. 무슨 인생에 밟히는 놈들마다 지뢰냐고."
불쌍한 가시나, 돈 많은 남편 만났다고 헛소리할 때부터 눈치챘어야 했다. 해피 형의 말을 다 이해할 수는 없지만, 어쩌면 우리는 항구 패거리 시절에서 크게 변한 게 없는 것 같았다. 왕 팬티를 걸쳐 입은 정화 역시 사랑을 꿈꾸는 항구 끈 팬티일 뿐일지도 몰랐다.
"정화야, 어시장 성기수산이 바로 오빠 거다. 오빠가 내일 당장 꼰대를 찾아가 결판을 낼게. 이빨 빠진 꼰대가 무슨 수로 젊은 날 당하겠냐. 오빠만 믿어, 오빠를."
나는 정화 손에서 소주병을 뺏으려 들었다. 정화는 뺏기지 않으려고 소주병을 꽉 쥐었다. 그래 마셔라. 네 마음도 좋을 리는 없겠지. 포기하고 누웠다. 술기운이 돌자 못에 찢긴 오른쪽 주먹의 통증도 견딜 만했다. 밤 외출에서 돌아오는 길에 외상값 받으러 온 치킨 가게 아저씨에게 멱살잡이 당하고, 그 분풀이로 모텔 벽을 후려쳤다. 그 벽에 못이 박혔을 줄이야. 정화는 몰래 시켜먹은 치킨 때문에 내가 곤욕을 치르자 겁을 먹고 모텔 복도 바닥에 주저앉아 울었다. 방마다 문이 열리고, 주인아줌마는 재수 없는 연놈을 내몰아야 한다며 걸레 밀대를 휘둘렀다. 내 발등을 스스로 찍었다 싶으면서도 나는 다시 정화의 팔을 잡아끌었다. 해피 형에게 받았던 칠만 원 중 쓰고 남은 돈으로 술을 샀다. 밤새워 마셔댄 술기운과 땅으로 꺼질 듯한 피로에 눈이 감겨왔다. 그런데 뜬금없이 내 아들 녀석의 머리를 쥐뜯으며 내 눈치를 보던 정화 아들, 그놈의 깜찍한 얼굴이 눈앞에 어른거렸다.

그렇게 잠시 눈앞에 어른거리던 정화 아들이 울었다. 그놈의 울음소리가 신경을 긁어댔다.

"정화야, 일어나 봐. 네 아들 운다."

나는 몸을 모로 세우고 자고 있는 정화의 엉덩이를 발로 밀었다. 그대로 옆으로 널브러졌다. 떡이 되도록 마신 모양이었다. 하긴 내가 나가떨어진 뒤에도 마셨으니 그럴 만도 했다. 비틀거리는 몸을 일으켜 네 발로 기었다. 기어가다 미끄러지며 바닥에 나뒹굴었다. 온몸을 감싼 역겨운 냄새에 구역질이 났다. 떠지지 않는 눈을 간신히 치켜떴다. 정화가 게워놓은 토사물이었다. 뒤집어쓴 토사물을 닦아내려는데 울음소리는 그치지 않았다. 정화 아들이 울고 있었다. 아니, 내 아들이 울고 있었다. 시뻘겋게 달아오른 얼굴로 아들이 울었다. 젖병을 물려주었다. 입에 물리는 대로 뱉어내었다. 그리고 또 울었다. 자꾸 바닥으로 가라앉는 몸을 일으켜 애를 안고 흔들어주었다. 못에 찢긴 상처가 애를 흔들 때마다 욱신거려왔다. 시간이 흐르자 주먹의 통증은 더해지고, 술 취한 몸은 바닥으로 가라앉았다. 정화를 다시 깨웠지만 일어날 리가 없었다. 도움도 안 되는 이런 가시나를 붙들었다니! 울화가 치밀었다.

"미치겠네. 자란 말이야."

울고 있는 아들 얼굴을 애원하다시피 들여다보았다. 아들 얼굴에서 도망간 애 엄마의 눈, 코, 입이 드러났다. 애 엄마도 도망가는 날까지 대들며 울음을 짜내고는 했다. 애까지 버리고 얼마나 잘 먹고 잘 사는지 두고 보자. 이를 갈고 있는 동안에도 아들은 울음을 그치지 않았다.

"잠 좀 자라고!"

걷잡을 수 없는 분노에 아들을 흔들었다. 아들은 내가 잡고 흔드는 대로 이리저리 흔들렸다.

창문의 나무 덧문 사이를 비집고 들어온 한 줄기 빛이 이마 위를 쪼고 있었다. 반사적으로 손이 올라와 부신 눈을 가렸다. 모텔방은 이상하리만치 조용했다. 어둑한 모텔방 안을 둘러보니 어젯밤 정화하고 둘이 마신 소주병들이 여기저기 나뒹굴고, 말라붙은 토사물에서 역한 냄새가 나고 있었다. 무언가 잘못되었다. 하지만 무엇이 잘못됐는지 알 수가 없었다. 밤사이 정화도 도망가지 않고, 커다란 엉덩이를 쳐들고 자고 있었다. 빠개질 듯한 머리를 두 팔로 감싸고 기억을 떠올려보았다. 애가 울었던 것도 같았다.

그래, 아들. 섬뜩함이 발끝에서부터 밀려왔다. 짧은 신음을 내며 이불을 머리끝까지 뒤집어썼다. 두려움에 두 눈으로 직접 확인할 엄두가 나지 않았다. 눈물이 비어져 나왔다. 문득 꼰대의 얼굴이 떠올랐다. 알 수 없었다. 늘 혼자일 때마다 떠올린 건 젖가슴이 말랑한 엄마의 품이었다. 그런데 미칠 것 같은 이 순간에 하필 꼰대가 떠오르는 것이었다.

아빠, 아버지, 성기수산 사장님, 아니 회장님! 번갈아 속으로 불러보았다. 아마 그래서 여길 왔는가 보다. 그 지긋지긋한 꼰대의 모습에 끌려, 짠바람에 끌려.

문 두드리는 소리가 들렸다. 찾아올 사람이 없었다. 도망갈 개구멍이라도 찾는 심정으로 모텔방 안을 둘러보았다.

"성기야."

다행히 귀에 익은 목소리였다. 어제 만난 해피 형이었다. 해피 형의 목소리를 듣고 정신을 차리고 보니 정화 엉덩이 너머 인기척이 들려왔다. 뒤집어진 치맛단 아래로 드러난 정화의 왕 팬티 너머로 고개를 빼들었다. 머리칼이 성긴 조그마한 머리가 보였다. 이런! 아들 녀석은 배가 고픈지 옷솔기가 말려 올라가 허옇게 드러난 정화의 젖살을 엄마 젖처럼 빨고 있었다. 긴장이 풀려 맥없이 웃자 아들 녀석이 날 보고 방긋 웃었다. 그럼 간밤의 악몽은 뭔가. 검지로 관자놀이를 누르며 모텔방을 둘러보았다. 한구석에 너덜너덜해진 아기 띠 뭉치가 눈에 들어왔다. 안도의 한숨을 쉬며 늘어뜨린 아랫입술을 따라 흘러내리는 침을 닦았다.

나는 일어나 창문의 나무 덧문을 활짝 젖혔다. 모텔방 안으로 아침의 가을 햇살이 쏟아져 들어왔다. 아무 대꾸가 없자 해피 형은 애꿎은 문손잡이만 돌리고 있었다. 나는 현관문 쪽의 소란을 무시하고 창문을 열었다. 아직 식당을 열기 전인지 허연 연기를 내뿜던 중국집 환풍구가 모처럼 맨몸뚱이를 드러냈다. 낡고 검게 그을린 환풍구는 전투와 전투 사이 잠시 휴식을 취하는 검붉은 포신처럼 짠했다. 문득 졸음에 겨워 반쯤 감긴 눈을 비비던 꼰대가 떠올랐다. 부쩍 늙은 모습이 낡고 검게 그을린 환풍구에 겹쳐지며 마음 한구석이 찡해졌다. 늘 지긋지긋하기만 하던 꼰대에게 태어나서 처음으로 든 애잔한 마음이었다.

창문 너머로 세찬 짠바람이 불어왔다. 놀란 아들이 고개를 젖히며 울었다. 추위에 몸을 떨며 일어난 정화가 우는 내 아들을 보듬었다. 나는 짠바람이 미는 대로 몸을 돌려세우고, 급한 마음에 바지 위에 잠바만 걸쳤다. 항구를 헤매는 고래라도 되려면 꼰대를 찾아가야 했다. 잠바로 아들을 감싸안고 밖으로 뛰쳐나가자 정화가 뒤에서 소리쳐 불렀다. 갑자기 열린 문을 피해 비칠거리던 해피 형도 외쳤다.

"성기야, 고래 찾으러 가야지!"

나는 짠바람을 가르며 달렸다. 숨을 헐떡이며 어시장 정문을 지나 곧장 성기수산으로 갔다. 나를 알아본 상인들은 수군거렸다. 꼰대만이 아무런 반응을 보이지 않았다. 나는 스티로폼 상자에 게를 담고 있던 아르바이트 아줌마에게 아들을 안겼다.

"이 녀석이 성기수산 손자, 바로 제 아들입니다."

느닷없이 아들을 떠안은 아르바이트 아줌마는 나와 꼰대를 번갈아 보며 어쩔 줄 몰라 했다. 나는 게를 담고 있던 스티로폼 상자를 가로채 마저 담았다. 벌려진 잠바 사이로 드러난 젊은 사내의 속살에 당황한 여자 손님이 비명을 질렀다. 여자 손님이 뒷걸음질로 도망을 가자 꼰대가 벌떡 일어나 바가지로 빨간 대야에 담긴 바닷물을 내게 끼얹었다.

"미친놈!"

꼰대가 저울을 들어 올렸다. 주변 행인들이 비명을 지르며 흩어졌다.

어시장 안에는 비비적거릴 공간이 없었다. 코를 박아봤자 게가 뒤엉켜 바글거리는 빨간 대야뿐이었다. 이래서는 어려웠다. 도무지 폼이 나지 않는다는 말이었다.

나는 잠바도 벗어던지고, 어시장 정문 앞으로 도망쳤다. 이곳도 비좁고 어수선하기는 마찬가지였다. 정문 앞에는 활어차를 비롯한 여러 대의 차들이 정차해 있었고, 차들 앞으로는 상인들이 버린 쓰레기가 쌓여 있었다. 그래도 꼰대와 한판 뜰 장소로 이만한 곳도 없었다. 꼰대는 저울을 들고 쫓아왔다. 나는 엉겁결에 어시장에서 지긋지긋하게 끌고 다녔던 딸딸이를 집어 들었다. 아침도 안 먹었는데 힘은 왜 이렇게 남아도는지 딸딸이가 가뿐하게 휘둘러졌다. 꼰대가 높이 쳐든 저울은 딱 보기에도 내가 휘두르는 딸딸이에 상대가 안 되었다. 꼰대도 안간힘을 써 보았지만, 근육 빠진 팔뚝이 떨리고 있었다. 역부족이었다.

웃통을 벗어젖힌 젊은 놈과 머리가 희끗희끗한 노인네가 벌이는 싸움판에 상인들과 행인들이 몰려들었다. 하지만 정작 환장할 일은 엄청난 폭발력으로 내 양손을 따라 춤추고 있는 딸딸이였다. 이제라도 딸딸이를 내던지고 작달만 한 작대기라도 집어 들고 싶었다. 그렇지만 그건 너무 속 보이는 짓이었다. 꼰대의 고집은 여전했다. 이제라도 저울 대신 제법 겁나는 걸 집어 들고 달려들면 좋을 텐데. 어시장 정문 앞 양옆으로 길게 늘어선 노점 횟집에는 긴 나무 의자도, 파라솔을 받치는 쇠파이프도 있었다. 길게 끌어봐야 꼰대만 불리했다. 폼생폼사 꼰대가 제대로 폼나게 이 싸움을 끝맺어야만 했다. 나는 물이 흥건한 바닥에 일부러 발을 헛디디고 휘청거렸다. 꼰대가 이때다 싶어 저울로 내 등짝을 내리쳤다. 외마디 소리를 내지르며 나는 그대로 시멘트 바닥 위에 뻗었다.

"오빠!"

어떻게 알고 쫓아왔는지 정화가 구경꾼들을 헤치며 달려왔다. 서둘렀는지 맨발에 슬리퍼를 끌고 있었다. 파랗게 얼은 내 가슴에 정화가 얼굴을 묻자 눈가가 뜨듯하게 젖어왔다. 곰 같은 가시나, 날도 추운데 양말이라도 신고 다니지.

꼰대는 제힘으로 이겼다고 믿는지 어깨가 잔뜩 올라가 있었다. 돌아온 망나니 아들을 한 방에 때려눕힌 꼰대에게 주변 상인들이 떠벌리는 소리들이 들려왔다.

"최 사장, 그만했으면 됐어. 그만큼 혼내줬으면 정신 차리겠지."

"성기수산, 멧돼지도 때려잡겠어. 비결이 뭐야? 같이 좀 젊어지자고."

"어쩜 할아버지를 쏙 빼닮았네. 사장님, 이리 와서 손자 좀 안아보세요."

저울을 제대로 맞았는지 입안에 피가 고였다. 맵싸하면서도 비릿했다. 이제야 항구로 돌아왔는데도 가슴 한구석이 시원하지가 않았다.

세상에서 가장 거대한 고래가 길을 잃고 헤매는 항구, 그 어딘가에서 짠바람이 불고 있었다.

불편한 쪽으로 앉으세요

스마트폰을 손에 든 채 고개를 들었다. 요가 강사는 맨 뒤에 앉은 나와 눈이 마주치자 눈을 감았다. 못마땅했는지 감은 눈꺼풀에 힘이 들어갔다.

"심신을 편안하게 안정시키고, 아랫배에 의식을 모아서, 들이쉬고, 내쉬고."

잠시 끊겼던 복식 호흡 구령이 다시 이어졌다. 가부좌를 튼 수강생들이 구령을 따라 숨을 깊게 들이마시고 천천히 내보냈다. 천장에 매달린 선풍기만이 빠르게 돌아가며 초가을의 늦더위를 식혀주고 있었다. 나는 다시 눈을 감고 단전에 의식을 모아보려고 했지만 집중할 수가 없었다.

스마트폰 알림음을 진동으로 바꾸고 다시 들여다보았다.

[기태가 죽었다네.]

사촌으로부터 온 문자가 '다'도 아닌 '네'로 끝난 걸 보면 그 역시 다른 사람으로부터 전해 들은 모양이었다. 액정 화면에 시선을 고정시키고, 선풍기 바람에 날리는 앞머리를 손가락으로 쓸어내렸다. 슬프다기보다 뜻밖이었다. 나 그리고 기태와 사촌은 성별은 달라도 초등학생 때까지 돌아가신 할머니가 쥐여준 동전으로 PC방을 함께 들락거렸던 사촌지간이었다. 더군다나 나이 먹도록 제짝 하나 못 찾은 못난이로 집안 어른들 입에 한데 엮어 오르내리는 동갑내기이기도 했다.

스크롤바를 내렸다. 미처 읽지 못했을 내용이 있을지도 몰랐다. 그러나 덧붙인 내용은 없었다. 한 줄의 문장이 전부였다. 부고장도 없었고, 슬픔이나 놀람 따위의 감정을 표현하는 문장부호나 이모티콘도 없었다. 체구는 작아도 다부진 작은고모의 유전자를 물려받았다면, 기태는 아직 젊고 건강한 30대 후반임에 틀림없었다. 어린 시절의 기억을 떠올려봐도 늘 허술하게 입고 다녔지만 흔한 감기조차 걸리지 않았다. 그렇다고 사촌의 문자가 아주 놀랍지만도 않았다. 드문드문 전해들은 기태의 삶은 불안정했고, 주변에 사건사고가 끊이지 않았다.

어떻게 해야 할지 몰라 머릿속이 어수선해졌다. 이대로 앉아서 요가를 해도 괜찮은 건지, 아니면 집으로 빨리 돌아가 문자를 준 사촌이나 갈수록 나를 못마땅해하는 엄마하고 연락부터 해야 맞는 건지 갈피가 잡히질 않았다. 문자를 읽기 전까지 나는 스스로에게 줄 선물에 들떠 있었다. 요가가 끝나는 오전 10시 30분은 갓 구운 스콘이 나오는 시간이었다. 주민자치센터가 위치한 주택가 골목길에는 작은 빵집 겸 카페, '꿈꾸는 다락방'이 아닌 '꿈꾸는 다락빵'이 있었다. 아침잠이 많은 나는 요가를 다녀오는 길에 스콘을 곁들인 커피를 마실 수 있다는 즐거움에 가까스로 일어나고는 했다.

나직했던 강사의 목소리가 갑자기 높아졌다.

"이제 눈을 뜨세요. 골반 교정 자세 들어갑니다."

스무 명 넘는 수강생들이 들썩이자 주민자치센터 생활체육실 공기가 활기를 띠었다. 평일 오전 시간대라 아이들을 학교에 보낸 가정주부들과 시간적 여유가 있는 노인들이 대부분이었다.

"기존 회원들은 먼저 앉기 불편한 쪽으로 앉으세요."

자세를 바꾸라는 강사의 구령을 따라 가부좌에서 오른쪽 발목만 오른쪽 골반에 붙이고 앉았다. 몸의 중심을 잡기 위해 오른손으로 오른쪽 발목을 잡았다. 왼쪽 무릎에 올려져 있어야 할 왼손은 아직도 스마트폰을 움켜잡고 있었다. 골반 교정 자세는 반복적인 동작을 십 분 동안이나 하기 때문에 눈치껏 옆 사람과 수다를 떨거나 슬쩍슬쩍 문자를 주고받아도 강사는 문제 삼지 않았다.

[농담은 아니겠지?]

만우절은 아니었지만 선을 넘는 짓궂은 농담이길 바라며 전송 버튼을 눌렀다. 기태에 대한 기억이 살갑지는 않았지만 사촌의 문자를 무시하고 모른 척할 수는 없었다. 살아생전 할머니의 표현에 의하면 기태는 곱거나 밉거나를 떠나서 피를 나눈 피붙이였다. 그 말이 할머니의 입에서 나올 때마다 엄마는 코웃음을 쳤지만 말이다.

나는 몸에 익은 대로 불편한 쪽 골반을 들었다 바닥에 내리눌렀다. 사촌의 답장을 받고 행동을 취해도 늦지 않을 것 같다는 생각이 들자 마음이 한결 가벼워졌다.

 신입 회원들은 기존 회원들의 몸놀림을 호기심 어린 눈으로 보았다. 가을 분기 첫날이라 새로 들어온 수강생들이 네다섯 명쯤 있었다. 티셔츠나 추리닝 같은 편안한 차림들 사이에서 유일하게 요가복을 갖춰 입고 온 신입 회원이 눈에 띄었다. 요가복 아래로 드러나는 매끈한 몸매에 나도 모르게 내 몸을 내려다보았다. 순간 얼굴이 화끈거렸다. 잠이 덜 깬 채 손에 잡히는 대로 입고 나온 쫄티가 부쩍 살이 붙은 복부를 적나라하게 드러내고 있었다. 느닷없는 사촌의 문자 한 통에 마음이 짓눌렸다면, 잠결에 입고 나온 쫄티가 신경 쓰이기 시작했다.
 "신입 회원들은 먼저 한쪽으로 다리를 모으고 앉아보세요. 반대편으로도 앉아보고요."
 주민자치센터 생활체육 프로그램이 시작되면서부터 요가 강좌를 맡아온 강사였다. 외모만으로는 나이를 가늠할 수 없었지만, 수강생들을 쥐락펴락할 때면 능숙한 삶의 연륜이 묻어났다. 그 노련한 카리스마에 눌린 신입 회원들은 엉덩이를 들썩이며 번갈아 가부좌에서 오른쪽 발목만 오른쪽 골반에 붙이고 앉거나 왼쪽 발목만 왼쪽 골반에 붙이고 앉았다.
 "앉기 더 불편한 쪽이 있을 겁니다."
 신입 회원들은 고개를 끄덕거리거나 의사의 다음 처방을 기다리는 환자처럼 강사를 물끄러미 쳐다보았다.
 "그쪽이 바로 불균형이에요. 자신의 불균형을 알았다면 신입 회원들도 불편한 쪽으로 앉으세요."

 자신의 골반이 불균형한지조차 몰랐던 신입 회원들은 별다른 질문 없이 각자 불편한 쪽으로 앉았다. 몇몇의 신입 회원들은 망설임 없이 좌우로 힘차게 몸을 흔들었고, 또 몇몇의 신입 회원들은 주저하며 주위를 둘러보았다. 자신의 골반이 불균형하다는 사실이 낯설고, 불균형한 쪽으로 자극을 줘도 괜찮은지 조심스러운 것 같았다. 서로 아는 사이인지 요가복 신입 회원이 옆에 앉은 신입 회원에게 속삭였다.

"무슨 요가가 이래?"
"선생님이 하라는 대로 따라하면 몸에 다 좋아요."

 바로 앞에 앉아 있던 요가 강좌 반장이 두 사람의 대화에 불쑥 끼어들었다. 반장은 기존 요가를 응용한 수정 요가로 척추측만을 치유한 뒤 강사의 말이라면 무조건 따랐다. 강사는 나직이 투덜거리는 요가복 신입 회원을 곱지 않은 눈길로 보았다. 아무래도 오늘은 요가복 신입 회원이 강사의 그 곤혹스런 질문을 받을 것만 같았다.

"다들 여기 보세요. 틀어진 골반을 바로잡아야 자궁을 비롯한 인체의 중요한 기관이 제자리를 찾고, 척추를 제대로 받쳐 몸의 균형을 되찾을 수 있답니다."

 강사는 골반 교정 자세를 잠시 멈추고 양팔을 들게 했다. 반응이 시들한 신입 회원들에게 백 마디 말보다 한 번의 체험이 낫다고 생각한 것 같았다. 등 뒤로 올린 왼손과 머리 뒤로 내린 오른손을 맞잡게 했다. 그리고 다시 오른손과 왼손의 위치를 바꿔 맞잡게 했다. 확연한 차이에 신입 회원들은 낮게 웅성거렸다. 등 뒤로 올린 왼손이 머리 뒤로 내린 오른손을 쉽게 맞잡았다면, 나를 포함해 오른손잡이인 대부분의 수강생들은 등 뒤로 올린 오른손과 머리 뒤로 내린 왼손을 맞잡지 못했다. 간단한 동작 하나로 신입 회원들을 흔들어놓은 강사는 입꼬리에 힘을 주었다.

"확실한 차이를 느끼셨나요?"

강사는 강한 눈빛으로 신입 회원들을 둘러보았다.

"오른손잡이는 오른쪽 어깻죽지가 왼손잡이는 왼쪽 어깻죽지가 더 두툼할 거예요."

신입 회원들은 각자의 어깻죽지를 만져보았다. 기존 회원인 나는 오른쪽 어깻죽지가 왼쪽 어깻죽지보다 약간 더 두툼하고 앞으로 굽었다는 걸 석 달 전에 이미 확인했다.

"나이가 들면서 많이 쓴 관절일수록 닳아지고, 그 부위에 찌꺼기가 끼면서 고장이 나는데 일상의 불균형이 몸의 불균형으로 이루어지는 거예요. 그 불균형을 치료하려면 두툼하게 쌓인 찌꺼기들을 아사나를 통해서 빼줘야 합니다."

강사의 설명이 끝나자 나이 든 축에 속하는 신입 회원들의 오른손은 등 뒤에서 담담하게 내려졌다. 반면 젊은 축에 속하는 신입 회원들의 오른손은 머리 뒤로 내려진 왼손을 찾아 더욱 허둥거렸다.

"아직 젊구나, 젊어."

반장이 추임새처럼 한마디 했다. 아마 그들의 몸부림이 아직 자신의 불균형을 쉽게 인정할 수 없을 만큼 젊게 보였던 것 같았다.

나 역시 내 몸의 불균형에 대해서 알게 되었을 때 떨떠름하면서도 쓸쓸했다. 결혼 적령기를 훌쩍 넘긴 나이였지만 아직 출산 경험이 없으니 당연히 육아와 살림과는 거리가 멀었다. 그런데 출산과 육아에 시달려 날씬하고 유연했던 몸이 알게 모르게 망가져가고 있다고 하소연하는 친구들과 다를 바가 없었다. 한눈에 나보다 훨씬 나이 들어 보이는 수강생들과도 별반 다르지 않다는 사실이 나를 더욱 울적하게 만들었다. 결혼을 했거나 안 했거나, 아이를 낳았거나 낳지 않았거나 몸은 똑같이 늙어가고 있었다.

거리가 멀어진 친구나 왕래가 끊긴 친인척도 마찬가지였다. 어디선가 우연히 마주치면 옛 얼굴이 사라져 알아보기 힘들 때도 있었다. 고등학교 때 이후로 만난 적 없는 기태는 길에서 마주쳐도 모르고 지나쳤을 것 같았다. 기태보다는 가깝게 지냈지만 역시 삼십 대 이후로 얼굴 보기 힘들었던 사촌의 모습도 기억 속에 가물가물했다. 오늘 문자를 받으려고 했는지 며칠 전 엄마에게서 전화를 받았다. 사촌이 웹툰 연재를 시작했다는데, 네가 쓴다는 시나리오는 언제 영화화되냐는 내용이었다.

전화를 끊고 바로 인터넷에서 엄마가 알려준 사촌의 웹툰과 인물 검색에 뜬 사촌의 프로필 사진을 보았다. 초등학교 때 귀공자처럼 곱던 얼굴은 찾아보기 힘들었지만 심드렁한 표정만은 여전히 사촌다웠다. 때로는 서운할 정도로 무심하고 까칠하긴 해도 좋은 사람인 척하지 않는 사촌이 그다지 싫지 않았다. 저 아래에서 벌어지는 세상살이와 상관없다는 듯 담장 위의 고양이처럼 살아가는 사촌의 태도가 부럽기까지 했다. 그래서일까, 사촌답지 않은 새삼스런 형제애에 의구심이 일었다.

사촌은 왜 내게 문자를 보냈을까. 그리고 엄마는 왜 내게 알려주지 않고 있는 걸까.

나는 이제 확실히 깍두기 처지가 된 것 같았다. 언젠가부터 나는 집안일에 와도 그만, 안 와도 그만인 깍두기 취급을 받았다. 지방 소도시의 유교적인 분위기 탓인지 아빠는 일찌감치 묘 이장 같은 집안 대소사에 대도시에서 자취하는 딸 대신 늦둥이 아들만 데리고 다녔다. 다 큰 딸이 있다는 걸 자랑하고 싶어 하던 엄마도 내가 결혼할 애인 하나 없이 삼십 대 중반을 넘기자 친인척 경조사에 부르질 않았다. 좀 더 값싼 자취방을 찾아 잦은 이사를 해야 하는 주머니 사정을 감안한다면 조금도 서운하지 않았다. 격식을 갖춘 정장과 구두와 핸드백이 필요한 경조사에 깍두기 취급을 받게 된 건 오히려 다행인지 몰랐다.

강사는 수강생들의 몸놀림을 가만히 지켜보다 말문을 열었다.

"대충 몸만 왔다 갔다 하면 무슨 교정이 되겠어!"

툭 내뱉는 반말이 귀에 거슬렸다. 강압적인 태도가 불쾌했지만 다른 수강생들은 별다른 불만이 없어 보였다. 특히 나이가 많은 수강생일수록 야단맞는 학생처럼 수줍게 웃기까지 했다.

"체중을 불편한 쪽 골반에 최대한 싣고 이렇게!"

강사는 발목을 붙인 쪽 골반을 크게 들었다 바닥에 세게 내리눌렀다. 수강생들은 강사를 따라 동작을 더 크게 했다. 나도 문자에 팔린 정신을 추스르고 왼쪽에서 오른쪽으로 무게중심을 크고 빠르게 옮겼다. 체중이 실린 만큼 오른쪽 골반에 강한 자극이 와 눈물이 찔끔 났다.

불균형한 몸을 치유해드립니다, 라는 문구에 시선이 꽂혔다. 오른쪽 골반의 통증으로 정형외과를 알아보던 중이었다. 전입신고를 하기 위해 찾아간 주민자치센터 로비에서 생활체육 프로그램 안내문을 보게 되었다. 일주일에 두 번씩 운영하는 요가 강좌로 동네에서 꽤 유명하다는 사실은 훨씬 뒤에야 알게 되었다. 동네에서도 소문난 수정 요가가 무료라는 점이 매력적이었지만, 장점만 있는 건 아니었다. 효과를 본 수강생들에게 절대적인 신임을 받는 강사는 거슬리는 신입 회원에게 이목을 집중시키는 곤혹스런 질문을 던졌다. 명상음악이 흐르는 차분한 분위기를 상상했던 나는 강사의 은근한 조롱에도 자지러지게 웃고 마는 수강생들 사이에서 이렇게 묻고는 했다.

'왜 여기에 앉아 있는 거지?'

답은 간단했다. 주민자치센터 요가 강좌가 무료만 아니었다면, 연재하고 있는 영화잡지 원고료만 넉넉했다면, 무엇보다 본격적으로 시나리오를 쓰겠다고 커피 전문점 아르바이트를 육 개월 전에 그만두지만 않았다면, 시내 중심가의 전문 요가 학원을 다니고 있을지도 몰랐다.

석 달 전 여름 분기 첫날, 강사의 곤혹스런 질문은 신입 회원인 나에게 향했다.

"새댁?"

처음에는 못 들은 척했지만 강사는 쉽게 포기하지 않았다. 새로운 얼굴인 나에게 호기심을 드러내며 질문을 던졌다. 다른 수강생들은 강사가 묻지 않아도 아줌마들답게 미주알고주알 풀어놓았으니 밉살스러웠던 모양이었다. 질문이 더 세졌다. 몇 살이냐, 아이는 몇 명이냐, 아이낳고 산후 관리 제대로 못 했냐? 나는 말문이 막혔다. 강사 말대로 몸무게가 부쩍 늘어나 전체적으로 부은 건 맞았다. 다만 그 이유가 달랐다. 그러나 차마 솔직하게 말할 수가 없었다. 시나리오 쓰느라고 먹고 앉아만 있었더니 체중이 늘었다고 하면 웃음거리가 될 게 뻔했다.

기분이 상해 주민자치센터 요가를 그만둘까 싶었지만, 섣불리 그만둘 수가 없었다. 요가를 여러 번 거르고 나면 골반의 통증이 도졌다. 정형외과 의사도 자세 교정에 도움이 되는 운동이 필요하다고 했다. 그러나 집에서 혼자 하는 골반 교정 자세는 효과가 없었다. 골반의 통증으로 잠을 설친 다음 날이면 아프지 않기 위해 강사 얼굴을 마주 봐야 했고, 요가를 마치고 나면 스트레스를 풀어줄 약간의 단 음식이 필요했다. '꿈꾸는 다락방'이 아닌 '꿈꾸는 다락빵'에서 스콘을 곁들인 커피로 어설픈 위안이라도 하고 나면 반지하방으로 돌아가 여러 사이트와 잡지를 교묘히 짜깁기한 영화평을 썼다. 그리고 모자란 남자 세 명의 인생 찾기라는 멍청한 여행에 관한 황당한 시나리오를 썼다. 불규칙한 식사와 수면이 이어졌다.

강사의 표현대로 몸의 불균형을 가져온 불균형한 일상이었다. 그러나 이렇게 별 볼일 없는 일상이라도 기태의 죽음으로 인해 그 흐름을 방해받고 싶지 않았다. 인정이 없는 건지, 이기적인 건지, 인간이 되어먹지 못해서인지는 모르겠지만 문자를 받았을 때의 충격이 가시자 내 속마음도 솔직해졌다. 나와 기태 사이에는 피붙이라는 점 말고는 딱히 사촌간의 정도 교류도 없었다. 엄마와 작은고모 사이의 오래된 앙금 탓이 컸다.

두 사람의 사이가 소원하다 못해 냉랭해진 건, 아직도 남아 있는 내 이마의 흉터 때문만은 아니었다. '꿈꾸는 다락방'과 '꿈꾸는 다락빵'이 얼핏 엇비슷하게 보여도 'ㅂ'과 'ㅃ'의 차이로 '꿈꾸는 다락의 장소'에서 '꿈꾸는 다락의 음식'이라는 전혀 다른 의미를 갖는 것과 같을지도 몰랐다. 할머니가 살아 계실 때 작은고모는 작은고모부의 주먹질을 피해 두 달이 멀다 하고 친정 나들이를 했다. 할머니를 붙들고 한바탕 눈물바람을 한 후 기태는 아랑곳 않고 이불을 뒤집어쓰고 누웠다. 다루기 힘든 기태의 뒤치다꺼리까지 도맡아야 했던 엄마는 평소 무심코 넘어가던 자잘한 일들에도 화를 냈다.

기태가 온 날이면 엄마에게 유독 야단을 많이 맞았던 나는 몹시 억울했다. 작은고모만큼 무언가에 잔뜩 골이 난 기태는 또래인 내가 어울려 놀아주길 바랐다. 그러나 나는 엄마의 이마에 잡힌 각만큼 기태에게 쌀쌀맞게 굴었고, 기태는 앙갚음으로 내가 아끼는 인형의 목을 부러뜨리거나 그마저도 뜻대로 되지 않으면 힘을 썼다. 어려도 여자와 남자의 힘은 달랐다. 입술이 깨지고 몸에 멍이 드는 건 늘 나였다. 귀청을 울리는 내 울음소리만큼 치달을 대로 치달은 엄마의 짜증과 서러울 대로 서러워진 작은고모의 설움이 부딪쳤다. 속으로는 작은고모를 애달파하면서도 겉으로는 엄마의 눈치를 보지 않을 수 없었던 할머니의 거짓 구박까지 더해져 기태는 점점 더 거칠어졌다.

생활체육실에는 열기가 흐르고 있었다. 강사에게 지적을 받고 난 수강생들은 집단 광기에 빠진 이교도들처럼 반복 동작에 흠뻑 빠져 있었다. 그 열기를 깨고 한 신입 회원이 손을 들었다.

"골반이 아파서 더 이상 못 하겠는데요."

나름 한참을 참았는지 신입 회원의 미간에 주름이 잡혀 있었다.

"아플 줄 알았어."

강사는 손가락을 쭉 뻗어 손을 들었던 신입 회원의 골반을 가리켰다.

"눈으로 봐도 이쪽 골반이 훨씬 떴잖아. 고장 났는데 당연히 아프지."

강사는 연민 어린 표정으로 수강생들을 둘러보았다. 흡사 요가의 순교자처럼 보였다.

"제가 아주 안타까운 게 있습니다. 여러분들이 잘못된 상식을 갖고 있다는 겁니다. 통증 때문에 정형외과에 가면 의사들이 무조건 움직이지 말고, 쓰지 말라고 하죠. 아프다고 가만 내버려두면 어떻게 되겠어요. 굳어서 퇴화되기밖에 더 하겠어요. 자극을 줘야 혈 전달이 원활해지고, 혈 전달이 원활해져야 세포들이 살아나는 겁니다."

강사는 몰입을 유도하기 위해 잠시 말을 멈췄다. 그리고 다시 결연하게 입을 뗐다.

"불편하고 아파도 그걸 견뎌내야 비로소 내 몸이 변화되는 겁니다."

강사의 확신에 찬 열변과 수강생들의 숙연한 분위기가 우스워서 나는 하마터면 뜨겁게 환호할 뻔했다. 아멘, 할렐루야!, 혼자 비웃음을 머금고 있는데 강사가 단상 위에서 정색을 하고 나를 내려다보았다. 하, 마, 터, 면이 아니라 실제로 소리를 낸 모양이었다. 아무래도 요가를 마치는 길로 시내 중심부 요가 학원을 알아봐야 할 것 같았다.

강사는 다시 외쳤다.

"반대쪽으로 앉으세요."

나는 엉덩이를 들어 가부좌에서 왼쪽 발목을 왼쪽 골반에 붙이고 앉았다. 생활체육실 밖으로 자연스럽게 빠져나갈 기회만 노렸다. 강사의 말투도, 사촌의 문자도, 기태의 죽음도, 심지어 잠결에 입고 나온 쫄티까지도 나를 혼란스럽고 짜증나게 하였다.

작은고모부의 어이없는 죽음이 그랬다. 이 늙은이 데려갈 때 저놈도 잡아가야 할 텐데. 살아생전 입버릇 같던 소원이 할머니가 돌아가시고 막상 삼 년 뒤에 현실로 이루어지자 살아 있는 사람들에게 쓸쓸함만 남겨주었다. 눈물도 나오지 않았고, 조금도 슬프지 않았다.

장례식장에 도착해 영정을 보자 목젖이 보이도록 크게 웃던 입가의 굵은 주름이 조금은 낯익은 것도 같았다. 그러나 어린 시절 큰상에 둘러앉아 할머니 생신 떡을 나누어 먹고, 한가위 윷놀이도 했던 작은고모부란 피붙이의 죽음은 전혀 마음에 와닿지 않았다. 작은고모부의 시신이 화구로 들어가자 서로 껴안고 흐느끼던 엄마와 작은고모가 장지 근처 식당에서는 각자 등을 돌리고 앉아 육개장을 떠먹었다. 그런 코미디 같은 광경도 썩 유쾌하지는 않았다. 할머니가 남겨둔 돈이 작은고모 호주머니에 들어갔다는 비밀 아닌 비밀이 큰고모 입으로 밝혀지자 서로를 할퀴는 말들이 오고 갔다. 곡을 하다가도 틈만 나면 남편 흉을 보던 작은고모에게나 자신의 아빠를 두려워하던 기태에게나 작은고모부의 장례식은 슬프지도 않고, 마음을 불편하게 만드는 죽음만이 있었다.

스마트폰을 다시 들여다봤다. 골반 교정 자세를 시작한 지 칠 분이나 지났지만 사촌의 답장은 오지 않았다. 문자만 보내고 다시 침대 속으로 들어가 있을지 몰랐다. 전화를 할까 하다 그만두었다. 통화를 하려면 생활체육실 밖으로 나가야 했다. 너무도 당연하지만 문자 정도는 몰라도 소음이 발생하는 통화까지는 강사도 눈감아주지 않았다. 기태의 죽음은 딱 그만큼인 것 같았다. 사촌의 답장을 기다리는 스마트폰을 손에서 놓을 수도 없고, 그렇다고 밖으로 나가 신발을 다시 신어야 하는 번거로움은 더 견딜 수 없는 만큼. 그러나 정말 내가 전화를 하지 않는 이유는 따로 있었다. 나이를 한 해 두 해 먹어가면서 불편한 상황에 얽혀 결코 좋을 일이 없다는, 썩 유쾌하지 않은 경험 또한 쌓여갔기 때문이었다.

돌아가신 할머니의 살아생전 마지막 생신날이었다. 작은고모부는 어디 갔는지 눈에 시퍼렇게 멍이 든 작은고모만 기태를 데리고 왔다. 초등학생이었던 나와 기태와 사촌은 친척들로 붐비던 집을 벗어나 학교 운동장으로 갔다. 나는 피아노 연주회 때 입었던 레이스 달린 원피스를 입고 사촌의 뒤를 바짝 쫓아다녔다. 철 지난 옷을 입은 기태는 사촌의 뒤를 쫓는 나를 노려보다가 운동장 돌을 발로 찼다. 나는 제대로 보살핌을 받지 못하는 기태가 안쓰럽기는커녕 눈앞에서 사라져주기를 바랐다. 엄마 몰래 입고 나온 원피스가 기태 때문에 더럽혀지거나 찢어지길 원하지 않았다.

사촌이 평균대에 올라가자 나도 원피스 자락을 말아 쥐고 뛰어올랐다. 기태도 나와 사촌 뒤를 따랐지만 세 아이가 나란히 올라서기에는 평균대가 짧았다. 나는 눈치 없이 평균대까지 따라붙는 기태를 더 이상

참을 수가 없었다. 벌레 같은 놈!,이라고 욕해주고 싶었다. 어린 내 눈에 불행한 기태는 원하지 않는데도 자꾸 꼬이는 벌레와 다름없었다. 그때 기태가 나를 뒤에서 힘껏 밀쳤다.

"뭐, 벌레 같은 놈이라고!"

내 몸은 순식간에 기우뚱해지면서 날카로운 돌에 이마를 짓찧었다. 나는 운동장 바닥에 퍼질러 앉은 채 잠깐 멍했다. 몹시 아팠지만 기태가 내 속말을 어떻게 들었는지 이해가 되지 않았다. 땅바닥에 퍼질러 앉은 것도 잠시, 찢긴 이마에서 눈썹 위로 피가 흘렀다. 그제야 나는 침이 흘러내릴 정도로 입을 크게 벌리고 울었다. 사촌이 달려와 위로해주고 부축해주길 기다렸지만, 아무런 행동도 하지 않았다. 시큰둥하게 물러서 있던 사촌은 나나 기태가 몰랐던 것을 일찍부터 알고 있었는지도 몰랐다. 불편한 상황에 얽혀서 결코 좋을 일이 없다는 것을.

스마트폰 진동음이 울렸다. 액정을 보니 사촌이 문자 없이 사진 한 장을 보냈다. 사촌이 산책길에서 집사로 우연히 간택되었다며 자랑하던 고양이였다. 그 고양이에 대한 자랑을 들었을 때가 벌써 육 년 전 명절날이었다. 실소가 나왔지만 사랑스러운 고양이 사진에 마음이 풀려 다시 답장을 보냈다.

[엄마는 연락 없던데, 누구에게 전해 들은 거야?]

사촌의 답장을 기다리면서 나는 선풍기 바람에 날리는 앞머리를 쓸어내렸다. 머뭇거리는 사이 마지막 문자가 왔다.

[너라도 잘 지내고.]

나는 더 이상 할 말이 없었다. 매를 피해 도망가는 작은고모를 따라

잡으려다 넘어져 뇌출혈로 사망한 작은고모부처럼 기태도 어처구니없는 죽음을 맞이했는지 몹쓸 호기심이 일었다. 그러나 굳이 직접 확인하고 불쾌한 기분에 사로잡히고 싶지 않았다.

너라도 잘 지내고, 나는 사촌의 마지막 문자를 곱씹었다. 기태의 죽음을 슬퍼하거나, 아들을 잃은 작은고모를 염려하는 듣기에도 버거운 말들을 꺼내지 않았다. 그렇다면 사촌은 왜 내게 문자를 보냈을까. 갑자기 몸에서 힘이 빠져나가면서 한숨이 흘러나왔다.

내게 몰린 시선에 생활체육실을 둘러보았다. 강사와 수강생들이 나를 바라보고 있었다.

"무슨 급한 문자를 보내느라 듣지도 못해. 새댁, 뱃살이 요사이 더 나왔다고."

나는 너무 민망해 아랫배를 가리려 쫄티를 잡아당겼다. 쫄티를 잡아당기자 목이 늘어나 가슴골이 드러났다. 쫄티를 더 이상 위로도 아래로도 잡아당길 수 없었다. 요가복 신입 회원이 옆 신입 회원에게 눈을 찡긋거려가며 웃음을 참고 있었다. 이마까지 붉어진 나는 스마트폰을 요가 매트 옆에 내려놓았다. 그리고 야단맞은 학생처럼 얼굴에 수줍은 미소까지 띠었다. 좀 전까지 시내 중심가 요가 학원을 찾아보겠다고 다짐했던 사람답지 않은 굴욕적인 태도에 스스로도 어이가 없었다. 그러나 '새댁'이나 '뱃살'이란 말만 나를 낯 뜨겁게 만드는 건 아니었다. 피붙이가 죽었다는 연락을 받고도 천연덕스럽게 앉아 있다는 걸 다른 수강생들이 알게 된다면 어떻게 생각을 할까 뜨끔했다. 별 의미도 두지 않으면서 한마디씩 거들고 싶어 할 게 분명했다. 물론 내가 입을 벌리지 않는 한 그 누구도 알 수 없을 테지만.

나를 은근히 조롱하고 기분이 한껏 좋아진 강사는 외쳤다.

"불편한 쪽으로 다시 앉으세요."

강사는 불편한 쪽 골반 교정 자세를 한 차례 더 하게 했다. 불편한 쪽을 더 자극해야 몸의 균형이 맞게 된다니 내가 처한 상황과는 달라도 너무 달랐다.

천장에 매달린 선풍기는 여전히 빠르게 돌아가고 있었다. 나는 바람에 날리는 앞머리를 그대로 내버려두었다. 이제는 정말 일어나 나가야 하는 것이 아닌지 잠시 망설여졌다. '꿈꾸는 다락방'과 '꿈꾸는 다락빵'이 얼핏 엇비슷하게 보여도 'ㅂ'과 'ㅃ' 차이로 전혀 다른 의미를 갖는 것처럼, 평균대를 따라 오르던 기태의 모습이 몹시 거친 사고뭉치 반항아로도 따뜻한 정이 고픈 어린 소년으로도 떠올랐다. 어느 쪽이든 간에, 지금의 나에게는 너무도 멀고 흐릿하게 바래진 기억일 뿐이었다.

나는 일어설 수가 없었다. 자극을 받은 불균형한 오른쪽 골반이 저려왔다. 불편한 상황은 좀 더 뒤로 미루고, 불편한 쪽으로 다시 앉았다.

눈부처

양푼 뚜껑을 열자 김치찌개가 자작하게 끓고 있었다. 아들을 기다리던 종선은 김치와 돼지고기가 잘 섞이도록 국자로 휘저었다. '뽀골뽀골 돼지고기'라는 친근한 상호에 이끌려 들어온 식당이었다. 유리문 너머 아들도 종선 내외가 신경 쓰이는지 통화를 하면서 가끔 뒤돌아보았다.

아장아장 걷던 아가가 벌써 사십 대 중반이라니. 운동화를 신고 옆구리에 손가방을 단단히 낀 아들의 뒷모습은 삼십 대 총각처럼 젊어 보였다. 종선 역시 아들과의 나들이에 늘 무지근하던 몸이 모처럼 가뿐하게 느껴졌다. 올겨울이 유난히 포근하다고 하지만 일월 중순에 홍매화 구경은 처음이었다.

아들의 통화가 길어지자 무료해진 종선은 무나물 한 젓가락을 집었다. 남편은 벌써 김치찌개에서 골라낸 돼지고기를 한입 가득 삼키고 있었다. 종선은 자신의 입만 챙기는 남편을 흘겨보았다.

"혼자만 목에 넘어가요? 아들이 운전하느라 힘들고 배고플 건 생각

안 해요?"

남편의 머리가 한쪽으로 기울었다. 어이없고 못마땅할 때마다 보이는 행동 중 하나였다.

"식사 앞두고 얼마나 급한 전화라고. 어른들 기다리게 하는 건 무슨 버르장머리야!"

올해 팔순인 남편의 목소리는 여전히 카랑카랑했다. 점심시간이 지난 식당에 손님은 종선 내외뿐이었다. 종선은 검지를 들어 입술에 댔다.

"목소리 좀 낮춰요. 아들 덕분에 바람 쐬러 왔으면 고마운 줄 알아야죠."

통도사 홍매화는 자장매로 유명하다며 마지못한 척 따라나선 남편이었다. 바로 대꾸를 하지 못하고 종선을 쏘아보다가 입가를 닦는 시늉을 했다. 종선이 따라 입가를 훔치자 손가락에 고춧가루가 묻어났.

남편이 못마땅하다는 듯 헛기침을 했다. 통화를 마친 아들은 어느새 테이블 옆에 서 있었다. 종선은 아들의 손가방을 유심히 바라보는 남편의 안색을 살펴보았다. 아들의 손가방에 남편의 인감도장이 있다는 걸 아직 모르는 눈치였다. 김치찌개를 접시에 듬뿍 담아 내밀었지만 아들은 그대로 서 있었다.

"죄송해요. 사업 때문에 잠깐 다녀와야 할 것 같아요. 저하고 같이 올라가실래요? 아니면 여기서 통도사 구경하면서 며칠 묵으실래요? 잘하면 볼일 마치고 모시러 올 수도 있어요."

화들짝 놀란 종선은 바깥 공기에 차가워진 아들의 손을 덥석 잡았다. 아들은 종선의 손을 마주 잡지도 뿌리치지도 않았다. 통도사로 오는 중간에 고속도로 휴게소를 들르느라 좀 더 늦어진 걸 감안하더라도 다섯 시간이나 걸렸다. 아들이 어디로 가는지는 잘 모르지만, 잠깐 다녀올 수 있는 거리는 절대 아니라는 건 알 수 있었다.

남편의 머리가 기울어져 턱까지 바짝 들렸다.

"바쁘면 먼저 올라가. 통도사는 젊은 시절 여러 번 와봐서 내가 잘 알아."

종선은 화가 났다. 무책임한 소리를 하는 아들이 아닌, 나이를 생각하지 않고 아직도 호기를 부리는 남편에게 소리를 질렀다.

"당신이 아직도 청춘인 줄 알아요!"

남편은 상체를 테이블 바깥쪽으로 돌렸다. 종선이 또 '청춘'이라는 단어로 시작해서 남편의 과거를 낱낱이 도마질할 걸 아는 것 같았다. 그러나 일단 시작하면 꼬리를 물고 이어지는 종선의 설움 맺힌 잔소리를 잠자코 받아줄 남편이 아니었다.

"내가 오자고 했어? 치마폭에 끼고 버르장머리를 가르친 게 누군데 나한테 화풀이야!"

종선 내외의 목소리가 커지자 빈 테이블을 닦던 식당 주인이 주방으로 들어갔다. 종선은 검지를 다시 입술에 댔다.

"목소리 낮추라니까요! 여기까지 와서 귀한 아들 망신시키지 말고요!"

"엄마 목소리는 작은 줄 알아? 내가 창피해서 같이 다닐 수가 없어!"

아들은 정말 질렸다는 듯 서둘러 식당을 나섰다. 종선이 여러 차례 이름을 불렀지만 걸음을 멈추지 않았다. 남편도 처음부터 기대하지 않앉다는 것처럼 천연덕스럽게 밥을 먹었다. 종선이 크게 한숨을 쉬자, 남편은 종선을 향해 머리매무새를 가다듬는 시늉을 했다. 종선은 남편의 손짓을 따라 가발을 매만졌다. 단둘이 보내는 시간이 많아진 이후로 남편은 종선을 비추는 거울처럼 굴었다.

산문 매표소를 지나는 남편의 어깨에 힘이 들어갔다. 아들이 종선 내외를 내버리고 떠났는데도 아랑곳하지 않는 것 같았다. 키 큰 소나무들이 춤을 추는 듯한 무풍한송로로 성큼성큼 발을 내딛었다. 물류 사업으로 전국을 누볐던 남편은 각 지역 지리며 역사며 특산물에 대해서 잘 알았다. 자분자분 대화 나눌 줄은 몰라도 틈만 나면 해박한 지식을 자랑하는 걸 좋아했다.
겨울 코트에 구두까지 신고 한껏 멋을 낸 남편은 큰 소리로 떠들었다.
"일제 말기에 우리나라 좋은 소나무는 일본인들이 죄다 베어 갔잖아. 그 당시 주지 스님이 보통 지혜로운 분이 아니었어. 어차피 베어 갈 거면 영축산 저 위쪽부터 베어 가거라, 그랬는데 그사이 해방이 된 거야. 주지 스님의 기지로 여기 산문 입구 소나무들을 다 지켜낸 거지."
등산복 차림의 중년 여자 서너 명이 지나가는 결에 남편의 말을 들었던 것 같았다. 새삼 감탄하며 일제로부터 지켜낸 소나무라고 속닥거렸다. 단체 관람을 마치고 마주 걸어오던 유치원생들도 시선을 끄는 남편에게 손을 흔들었다. 그러나 주인에게 버림받은 늙은 개처럼 축 처져 걷던 종선은 남편의 말이 귀에 잘 들어오지 않았다. 수백 년 된 소나무들이 찬바람을 막아주는데도 꽃무늬 잠바를 목까지 끌어당겼다. 잘하면 모시러 올 수도 있다던 아들의 말이 귓가를 맴돌았다. 분명 빈말에 불과할 텐데도 종선은 자꾸 뒤돌아보았다. 갑자기 조용해진 남편 또한 재잘거리며 멀어지는 유치원생들에게서 눈을 떼지 못했다.

사찰 입구의 첫 번째 문인 일주문이 보였다. 종선은 일주문 부근의 화장실부터 찾았다. 급한 볼일을 마치고, 거울 앞에 서서 가발을 벗었다. 맞춘 지 오래된 가발은 자꾸 흐트러졌다. 얼마 없는 머리카락마저 두상에 달라붙어 휑한 정수리가 드러났다. 꽃무늬 손수건으로 땀을 훔치며 주름진 얼굴을 찬찬히 들여다보았다. 잘 닦인 거울 속에서 한때 동네 오빠를 흠모하던 소녀의 또렷한 눈매를 찾아볼 수가 없었다. 거울 속 개진개진 젖은 눈가는 세상살이에 몹시 지쳐 보였다. 식당에서부터 1km가 넘는 무풍한송로를 걸어오느라 식은땀이 나고 다리가 후들거렸다. 타고난 건강 체질인 남편은 몸이 안 좋을수록 운동이 필요하다며 종선의 걸음을 재촉했다.

고집불통인 남편을 내버려두고 아들 뒤를 따라가고 싶어도 몸이 따라주질 않았다. 올해 일흔여섯인 종선은 일 년 전에 척추 수술을 했다. 식당을 찾아 신평마을을 돌 때 통도사신평터미널을 보았지만, 버스를 여러 차례 갈아타고 집으로 돌아갈 자신이 없었다. 꽃무늬 가방에는 지갑과 핸드폰 외에도 요실금 패드와 여분의 속옷이 챙겨져 있었다. 요실금은 탈모만큼 큰 스트레스였다.

갱년기를 지나면서부터 머리카락이 성글어지고, 한밤중에도 화장실을 다녀와야 했다. 척추 수술 이후로는 요의를 더 참지 못하고 매 시간마다 화장실을 들락거렸다. 속마음을 털어놓을 딸도 없이 하나뿐인 아들은 삼 년을 살지 못하고 이혼했다. 안부 전화를 곧잘 하던 며느리마저 떠난 뒤로 종선은 부쩍 쓸쓸했다. 떠받들며 키운 아들은 무뚝뚝한 남편처럼 나이 든 여자의 몸과 마음을 이해하지 못했다.

고속도로 휴게소마다 화장실을 찾는 종선에게 대놓고 짜증을 냈다. 그때마다 남편은 아들을 혼내는 대신 버르장머리를 잘 가르쳤다며 비아냥거렸다. 인내심 없는 아들은 투덜거리며 운전을 했고, 뒷좌석에 앉은 종선은 출발한 지 반나절도 안 되어 들뜬 기분이 사라졌다. 장거리 여행을 주저하던 종선에게 먼저 홍매화를 보러 가자고 바람을 넣은 아들이었다.

뜸하던 아들의 전화가 연초부터 잦았다. 새로운 사업을 준비 중이라며 이번에는 정말 마지막이라고 했다. 결혼할 때 마련해준 아파트 전세까지 사업자금으로 날렸을 때도 같은 말을 했다. 애태우는 종선에게 남편은 더 이상 한 푼도 주지 않겠다고 못을 박았다. 남편 몰래 가지고 있던 쌈짓돈은 이미 오래전에 바닥이 났다. 종선에게서도 더 이상 나올 돈이 없다는 걸 알게 된 아들은 어린 시절처럼 무작정 보챘다. 종선 내외가 살고 있는 집을 담보로 대출금을 받게 해달라고 했다. 사업 아이템이 좋아서 급한 사업자금만 융통하면 남편이 알아채기 전에 갚을 수 있다고 했다.

아들은 재촉했지만 종선은 응해줄 수가 없었다. 늦게 얻은 하나밖에 없는 아들을 위해서라면 간과 쓸개라도 빼줄 수 있었다. 그러나 인감도장 문제는 달랐다. 나이 들면서 철들기만을 바랐지만, 아들은 좀처럼 바뀌지 않았다. 종선의 소박한 기대와 점점 더 어긋나는 것 같았다. 코흘리개 때부터 쉽게 싫증을 내고, 직장을 수시로 바꾸더니 결혼생활이나 벌여놓은 사업마다 진득하게 버티지를 못했다. 종선이 일주일 넘게 아무 대답이 없자 홍매화를 보러 통도사에 가자며 찾아왔다. 꽃무늬 잠바, 꽃무늬 가방, 꽃무늬 손수건 등등. 꽃무늬가 안 들어간 물건이 없을 정도로 꽃을 좋아하는 종선은 아들을 따라나서며 들뜬 나머지 남편의 인감도장을 몰래 빼냈다.

일주문 앞에서 기다리던 남편은 종선을 향해 바지 지퍼를 올리는 시늉을 했다. 종선은 얼굴이 벌게져서 얼른 바지 지퍼에 손을 가져갔다. 상반신만 비추는 화장실 거울에서는 아랫도리가 보이지 않았다. 바지만 대충 추어올린 채 흐트러진 가발과 땀으로 얼룩진 얼굴만 들여다보았다.

남편은 종선이 지퍼를 올리는 동안 '새해 복 많이 받으세요' 현수막이 걸린 일주문 현판을 또박또박 읽었다.

"영, 축, 산, 통, 도, 사. 신령스런 독수리가 살고 있는 산이라. 흥선대원군 친필이라 딱 봐도 글씨에서 힘이 넘치잖아."

종선은 영축산을 올려다보았다. 과연 열일곱 개의 암자와 통도사를 품을 만큼 넉넉해 보였다.

"당신은 아는 것도 많구려."

오랜만의 칭찬에 남편의 말이 길어졌다. 불교에서 특별한 새로 여긴다는 독수리에 대한 이야기도 늘어놓았다. 그러나 티베트 불교에서 아직도 행한다는 조장에 대해서 듣는 동안 종선의 얼굴이 점점 굳어졌다. 사람의 시신을 쪼아 먹기 위해 날아드는 독수리가 마치 눈앞처럼 생생하게 떠올랐다.

결국 오색 연등 아래를 걷던 종선은 주저앉았다. 눈이 부리부리한 사천왕이 내려다보고 있었다. 일주문을 지나 사찰 입구의 두 번째 문인 사천왕문이었다. 남편이 내민 손을 뿌리치고, 난간을 붙들고 일어섰다. 비교적 건강할 때는 조장에 관한 다큐멘터리도 예사로 보았다. 그러나 칠순을 넘기고 온몸이 여기저기 덜거덕거리기 시작하면서 대수롭지 않은 일에도 가슴이 떨리고 두근거렸다. 죽음을 떠올리게 하는 말이나 장면을 견딜 수가 없었다.

겨울비가 내리던 밤이었다. 몹시 두려운 마음에 무턱대고 남편 몸 위로 올라탔다. 불과 삼 주 전이었다. 자다 깬 남편은 종선을 힐끗 쳐다보고 다시 잠이 들었지만 몹시 민망했다. 신혼 시절에도 하지 않던 남세스러운 행동에 다음 날 아침 남편의 얼굴을 똑바로 쳐다보지 못했다. 잠을 설쳐 기운도 없고 입맛도 없어 식탁 위에 너부죽 엎드려 있었다. 식탁 한구석에는 아침저녁으로 챙겨 먹는 약봉지가 수북했다.

남편은 아침을 먹으면서 어디 아프냐고 묻지도 않았다. 오십 년 넘도록 밥상을 차려줬는데 고맙다는 말 한마디 없는 얄궂은 사람이었다.

"혼자만 먹지 말고, 한술 떠보란 말도 해봐요."

남편은 아무 대꾸도 하지 않았다. 습관적으로 켜놓은 텔레비전 소리만 들렸다. 추석 때 잠깐 다녀간 아들은 얼굴 보기가 힘들었다. 나이 들어 집에 머무르는 시간이 많아진 남편도 밥때를 빼놓고는 없는 사람이

나 매한가지였다. 말이 고픈 종선은 식탁을 두들겼다. 식탁 위 사진 액자가 흔들렸다. 남산 신혼여행 때 찍은 빛바랜 사진이었다. 그제야 남편은 고개를 들었다.

"고맙다는 말도 해보고요. 나도 몇 년 있으면 팔십이에요."

"나한테 하는 말이야?"

"그럼, 이 집에 나하고 당신 말고 또 누가 있어요?"

남편은 대수롭지 않게 여기는 듯 허허거렸다.

"왜 한쪽으로만 생각해? 평생 먹어준 사람도 고마운 줄 알아야지. 내가 일찍 죽었으면 당신이 밥 차려줄 사람도 없었을 거 아니야."

"왜 이리 뻔뻔해요! 당신이 아직도 청춘인 줄 알아요!"

"답답한 사람 보게. 당신이 늙었는데 왜 나만 청춘이야? 당신이 허구한 날 아프다니까 말을 안 해서 그렇지, 어떻게 아픈 데가 없겠어? 며칠 있으면 나이 앞자리가 칠에서 팔로 바뀌는데, 나도 이제 늙었어."

남편은 남은 밥을 국에 말면서 입을 꾹 다물었다. 종선은 안쓰러운 마음이 조금도 들지 않았다. 억울했다. 혈압이 높은 걸 빼면 남편은 나이에 비해 건강했다. 종선이 입맛이 없어 끼니를 걸러도, 수면유도제를 먹은 채 밤잠을 설쳐도 남편은 잘 먹고 잘 잤다. 또 젊어서는 종선을 외롭게 내버려두었다. 물류 사업을 하던 남편은 아들과 집안 대소사는 종선에게 맡겨두고, 전국을 떠돌며 술과 풍류를 즐겼다.

애달프게 젊던 눈 내리던 밤이었다. 지방에 볼일이 있다던 남편이 연락도 없이 일주일 넘게 집에 돌아오지 않았다. 핸드폰도 없고, 전화기도 귀하던 시절이었다. 종선은 제법 무거워진 다섯 살짜리 아들을 안고 밤새 집 안을 서성거렸다. 인적 드문 곳에서 교통사고라도 났나, 현금을 지니고 다니다 강도라도 만났나, 아니면 어떤 여자하고 밤을 보내나. 아들만 아니면 맨발로라도 뛰쳐나가 남편을 찾고 싶어 속이 타던 종선은 그만 발을 헛디뎠다.

자다 깬 아들은 졸린 눈으로 종선의 눈동자를 들여다보았다.

"엄마 눈에서 내 얼굴이 보이네."

작은 손으로 종선의 얼굴을 가만가만 매만졌다.

"엄마 눈이 꽃처럼 예쁘다."

보드라운 손길과 한마디 말이 타고 남은 재처럼 바스라진 마음을 어루만져주었다. 종선은 아들의 눈동자에 어린 아직 고운 태가 남아 있는 여자가 자신이라는 사실에 위안을 받았다. 열흘 만에 돌아온 남편이 이불 밑에서 종선의 다리를 더듬었지만 아들을 꼭 끌어안았다. 아들은 커갈수록 자주 집을 비우는 남편을 낯설어했고, 남편도 늦게 얻은 아들을 데면데면 대했다.

사천왕문을 지나자 정면으로 사찰 입구의 마지막 문인 불이문이 보였다. 또 왼쪽으로는 범종루가, 오른쪽으로는 극락전의 고풍스런 자태가 눈길을 끌었다. 극락전 뒷벽에는 '반야용선'이란 극락으로 가는 배가 그려져 있었는데, 배 꼬리에서 일곱 번째 사람만이 뒤를 돌아보고 있었다. 남편은 벽화 앞에 뒷짐을 지고 일곱 번째 사람을 오래오래 들여다보았다.

"미련이 남아서 그래, 미련이."

남편은 '미련'이라는 말을 여러 번 중얼거렸다. 종선은 무풍한송로에서 유치원생들을 뒤돌아보던 남편의 모습이 떠올랐다. 원 없이 즐기며 살아온 남편에게 남은 미련이 무엇인지 말하지 않아도 알 수 있었다. 아들이 뒤늦게라도 결혼하자 종선 내외는 손주 소식을 내심 기대했다. 며느리가 임신했을 때 누구보다 기뻐하던 남편은 배 속의 아이가 잘못되었다는 전갈에 실망한 표정을 감추지 못했다. 남편이 아들을 따라가지 않고 굳이 남아 자장매를 보려는 이유가, 자존심 때문만은 아닐 수도 있었다.
  갑갑한 종선은 법고가 울리는 걸 보고 싶었다. 그러나 남편은 한두 시간은 더 기다려야 법고, 범종, 목어, 운판을 한꺼번에 두드리는 사물의식을 볼 수 있다고 했다. 어쩔 수 없이 극락전 오른쪽 길로 걸음을 돌렸다. 몇 걸음 못 가 절의 사무를 보는 종무소가 나타났다. 종무소 앞쪽에 두 그루의 홍매화가 있었다. 홍매화 가지마다 분홍색 꽃봉오리가 맺혀 있었다. 꽃잎이 활짝 피려면 몇 주가 더 지나야 할 것 같았다. 남편은 자장율사의 호를 딴 자장매는 더 안쪽에 있다고 하면서도 잠시 망설였다. 구수한 밥 냄새가 경내에 퍼졌다.
  "저녁 공양 시간이 다 되어가는 것 같은데. 대웅전에 먼저 가서 진신사리 모신 금강계단을 보고 공양전으로 갈까? 아니면 자장매를 보고 대웅전으로 갔다가 공양전으로 갈까? 식사하고 나오면 해가 질 때라 자장매를 제대로 볼 수도 없을 텐데, 어쩌나?"
  종선은 밥보다 자장매가 더 간절했다.
  "점심도 늦게 먹었고, 겨울 해도 짧으니 자장매부터 봐요."

"자장매 보러 가기 전에 화장실을 한 번 더 들르지 그래."

남편의 말에 주위를 둘러보았지만 화장실이 보이지 않았다. 어디 있는 줄도 모르는 화장실을 찾아 다녀오자니 엄두가 나지 않았다. 시간도 촉박한 것 같아 당장 급하지 않은 볼일은 잠시 미뤄두기로 했다. 극락전과 마주한 약사전을 지나, 자장매가 있다는 역대 조사의 진영을 모신 영각으로 갔다.

영각 오른쪽 처마 밑에 수령 350년 된 자장매가 있었다. 종선 내외가 늦게 도착해서인지 관광객들은 벌써 사진을 찍고 돌아가는 분위기였다. 무풍한송로에서 지나친 등산복 차림의 여자들이 아직 자장매 아래에서 사진을 찍고 있었다. 핸드폰 카메라를 향해 한껏 미소 짓는 딸뻘의 얼굴들이 곱게 느껴졌다. 머리카락도 풍성하고, 몸도 건강해 보였다. 일행 중 제일 작은 여자가 다가와 남편에게 핸드폰을 내밀었다.

"어르신, 저희 사진 좀 찍어주세요."

핸드폰을 받아든 남편은 찍는 자세를 이리저리 바꿔가며 여러 장을 찍어주었다. 좀처럼 웃지 않던 남편은 일행과 농담을 주고받으며 껄껄거렸다.

핸드폰을 돌려받은 여자가 그냥 가기 미안했는지 종선 내외를 자장매 앞에 세웠다. 사진을 찍기 전에 남편은 종선을 향해 바지를 터는 시늉을 했다. 종선이 바지를 내려다보니 흙먼지가 묻어 있었다. 사천왕문에서 주저앉으며 묻은 흙먼지 같았다. 종선은 남편의 손짓을 따라 바지부터 털었다.

좀 더 붙어라, 웃어라, 여자는 다정한 포즈를 주문했다. 종선 내외는 어쩔 수 없이 팔짱을 끼고 억지로라도 활짝 웃어 보였다. 여자는 사진을 다 찍어준 뒤 싹싹하게 말을 붙였다.

"어쩜, 이렇게 사이가 좋아 보이세요. 바깥 어르신이 옆에서 든든하게 챙겨주시니 행복하시겠어요."

"저 양반을 전혀 모르는 소리라오."

말은 그렇게 했어도 말벗이 그리운 종선은 여자에게 인자하게 웃어 보였다. 저런 며느리라도 아들 곁에 있었으면. 종선은 떠나간 며느리를 떠올려보았지만 이제는 얼굴도 가물거렸다. 배 속의 아기가 잘못되지만 않았어도 며느리가 가정을 지키지 않았을까. 미련을 가져보지만 오 년이나 지난 일이었다.

여자의 말 때문인지 아니면 꽃봉오리일망정 흥이 났는지 남편은 시조를 읊었다.

"춘설이 난분분하니 필동 말동 하여라."

구성진 목소리에 숱 많은 흰머리까지. 자장매 아래에 선 남편은 나이 든 영화배우처럼 보였다. 종선은 남편을 따라 자장매를 올려다보았다. 굵은 줄기에 매달린 가지마다 앙다문 꽃봉오리들이 겨울 햇살에 빛났다. 활짝 핀 꽃잎이 아니라 이제 막 피어오르는 꽃봉오리라 더 보기 좋았다. 활짝 핀 꽃잎은 곧 시들고, 비바람에 질 걸 먼저 헤아릴 나이라 그럴지도 몰랐다.

결혼식 날, 신혼여행으로 남산에 올라갔을 때도 벚나무마다 하얀 꽃봉오리가 맺혀 있었다. 올림머리에 한복을 곱게 차려입은 종선은 남편의 이름을 수줍게 불렀다. 머리에 포마드 기름을 바르고, 맞춤 양복을 빼입은 남편은 어떤 남자보다 잘생겨 보였다. 종선과 한동네에서 자란 남편은 박력이 넘쳐 인기가 많았다. 갈래머리 소녀 때부터 남편을 짝사랑했던 친구들은 결혼 소식을 듣고 눈물부터 터뜨렸다. 친구들의 시샘 어린 눈물에 종선은 세상을 다 가진 기분이 들었다. 남편이 결혼하면 자신만을 바라볼 줄 알았지, 총각 때처럼 무리를 이끌며 밖으로 나돌 줄은 몰랐다.

산사에 매화향이 은은했다. 종선은 늘어진 꽃가지에 손을 뻗다가 남편과 잠시 눈이 마주쳤다. 남편의 눈동자에 종선의 얼굴이 어리었다. 종선과 남편은 누가 먼저랄 것도 없이 고개를 돌렸다.
"왜 자장매냐? 통도사를 창건한 자장율사의 호를 따서 자장매라고 부르는데. 새해에 자장매를 보면 그해에 일들이 잘 풀린다고……."
등산복 차림의 여자들이 영각을 떠나며 인사하자, 남편은 말을 멈추고 환하게 웃었다.
종선은 잠시라도 남편에게 마음을 누그러뜨린 자신이 후회되었다.
"나한테도 그렇게 웃어봐요!"
남편은 화를 내는 대신 종선을 달래었다. 성질 급한 남편에게 드문 일이었다.
"이 사람아, 이렇게 풍광 좋은 사찰에 왔으면 다 내려놓고 편안히 둘러보라고. 부처님 진신사리 모신 사찰에서 그만 좀 안달복달하고."
"겨울 해가 짧아 곧 어두워질 텐데 걱정이 안 돼요?"

"무슨 걱정이야. 사찰에 부탁해보고 안 되면 통도사신평터미널 부근에 모텔도 있던데. 거기서 하룻밤 묵고 내일 돌아가면 되지."

'모텔'이라는 말에 종선이 발끈했다.

"누가 그 더럽고 추잡한 모텔에서 잔다고 했어요!"

남편의 머리가 한껏 기울었다. 종선은 아차 싶었지만 이미 뱉은 말이었다.

"뭐가 더럽고 추잡해! 같이 늙어가는 모습이 안타까워서 참고 있자니까! 어떻게든 트집 잡고 싶어서!"

고즈넉한 경내에 남편의 목소리가 쩌렁쩌렁 울렸다. 영각에서 나오던 스님이 종선 내외를 향해 아무 말 없이 두 손을 합장하고 지나갔다. 수행하는 스님 앞에서, 천년의 고찰에서 이 무슨 망신인가. 종선은 너무 창피한 나머지 온몸에 힘이 쭉 빠졌다. 조용히 하라고 입술에 검지를 댈 힘조차 없었다. 남편은 돌아서려다가 덧붙였다.

"내가 나이 먹었다고 바보인 줄 알아? 얼굴 보기도 힘든 아들놈이 뜬금없이 홍매화 구경 가자고 했을 때부터 요상하다 했어. 또 어디 나 몰래 꿍쳐놓은 쌈짓돈 쥐여준 걸 내 모를 줄 알아!"

쌈짓돈이 아니라 인감도장을 준 걸 남편이 알게 된다면. 눈앞이 아찔해진 종선은 두 눈을 제대로 뜰 수가 없어서 질끈 감아버렸다.

내일 아침 모시러 오겠다는 아들의 전화가 왔던 어젯밤, 종선이 한밤중에 화장실을 가려는데 한창 자고 있어야 할 남편이 소주잔을 기울이고 있었다. 아들 이혼 후 높은 혈압으로 쓰러진 뒤 한모금도 마시지 않던 술이었다. 남편도 아들이 느닷없이 제안한 나들이가 무엇 때문인지

나름 짐작했던 것 같았다.

"치마폭에 끼고 키운 아들이 그렇게 보고 싶으면, 아들 따라 혼자 집에 가든지!"

남편은 자장매 아래에 종선을 내버려두고 대웅전 쪽으로 가버렸다.

종선은 어디로 가야 할지 몰랐다. 아들을 버르장머리 없이 키운 대가를 치르고 있는 것만 같았다. 종선은 밖으로만 도는 남편 대신 늦게 얻은 아들에게 정성을 쏟았다. 종선의 눈에만 사랑스러웠던 아들이 아니었다. 남편을 닮아 잘생긴 아들을 동네에 데리고 나가면 자신의 품에 돌아올 새가 없었다. 동네 누나들 아줌마들 할머니들이 서로 안아주고, 업어주고, 놀아주었다. 종선은 아들이 먹고 싶어 하는 음식이나 갖고 싶어 하는 장난감은 원하는 대로 사주었다.

손쉽게 얻는 데 길들여진 아들은 원하는 걸 당장 그 자리에서 사주지 않으면 바닥을 뒹굴었다. 양손에 새 장난감을 쥔 채 텔레비전에 나온 로봇을 사달라고 조르자, 보다 못한 남편이 매를 들었다. 숨이 넘어갈 것처럼 엄살을 부리는 아들을 감싸며 종선은 죽기 살기로 대들었다.

"애비 노릇 언제 했다고 애한테 손을 대! 애는 내가 알아서 키울 테니까 신경 끄고 너 하던 대로 살아!"

그날 이후로 남편은 아들이 어떤 행동을 하던 아버지로서 나서지 않았다. 치마폭에 끼고 키우더니 버르장머리를 잘 가르쳤다면서 비아냥거리기만 했다.

눈을 떠보니 영축산 산머리가 노을에 붉게 물들고 있었다. 북적거리던 사람들도 다 돌아가고, 종선은 자장매 아래 홀로였다. 목탁 소리와 염불 외우는 소리만이 은은하게 들려왔다. 아들이 올지 모르는 사찰 입구 쪽 길과 남편이 혼자 가버린 대웅전 쪽 길을 번갈아 돌아보았다. 잘하면 모시러 올 수도 있다던 아들은 해가 지도록 돌아오지 않았다. 무엇이든지 종선에게서 다시 가져갈 것이 생기면, 그때 돌아오리라는 걸 익히 알고 있었는지도 몰랐다.

 엄마 눈이 꽃처럼 예쁘다며 자신의 얼굴을 바라보던 사랑스런 눈동자. 그 맑은 눈동자에 어린 아직 고운 태가 남아 있던 여자가 떠올랐다. 소리 없이 눈물이 흘렀다. 거울이 되어주려는 남편을 밀어내고, 이미 놓아줬어야 할 아들을 여전히 붙잡으려는 자신의 어리석음일 뿐이었다. 살아온 날들이 헛꿈 같았다. 자장매 아래에서 잠시 꿈을 꾼 것 같았다. 남편도 아들도 며느리도 배 속의 손주도 처음부터 없는 사람들이었는데 홀로 꽃 꿈을 꾼 것만 같았다.

 종선은 온몸을 떨었다. 포근한 겨울이라 해도, 해가 기울자 한기가 들었다. 같은 자리에 한참을 서 있었더니 철심을 박은 허리가 시큰거리고, 다리가 저렸다. 화장실이 급하다는 생각이 들자마자 다리 사이로 뜨끈한 물이 흘렀다. 오줌이었다. 요실금 패드를 찼는데도 새어 나와 바지를 적셨다. 종선이 어찌할 바를 몰라 마음만 허둥거리고 있을 때, 대웅전 쪽에서 머리가 허연 노인이 걸어왔다. 모르는 사람이려니 생각했는데 뜻밖에도 남편이었다. 결혼식을 올리던 날에 단단했던 어깨도 굽었고, 씩씩했던 걸음걸이도 엉성해졌다. 갈래머리 소녀 때부터 두 눈에 씌운 꺼풀을 벗어내고, 어스름 속에서 마주친 남편은 영락없는 팔순

눈부처 151

노인네였다.

　남편이 종선을 가만히 쳐다보았다.

　"따라오지 않고 아직도 여기서 뭐 해? 어서 가자고."

　오십 년 넘게 한 이불을 덮고 산 남편이지만 바지에 오줌을 쌌다는 말은 차마 할 수가 없었다. 연애 시절 수줍게 속삭이던 남편의 이름을 떠듬떠듬 불렀다.

　"영훈 오빠, 나 바지가 젖었어요."

　남편은 겨울 코트를 벗어 종선의 어깨에 둘러주었다.

　"종선아, 이 사람아."

　남편의 목울대가 울렁거렸다. 종선을 향해 머리매무새를 가다듬는 시늉을 하는 대신 두툼한 손으로 가발을 매만져주었다. 한쪽으로 돌아간 가발과 눈물로 짓무른 주름진 눈꼬리. 종선은 남편의 눈동자에 어린 늙은 여자가 바로 자신이라는 사실에 서글픔을 느꼈다. 겨울 햇살에 꽃봉오리들이 빛나던 자장매 아래에서 눈이 잠시 마주쳤을 때, 남편이 못다 했던 말들이 들리는 것 같았다.

　'새해에 자장매를 보면 그해에 일들이 잘 풀린다고. 그래서 통도사에 왔다고.'

　종선을 거울처럼 비추는 남편의 눈동자. 종선은 눈부처를 더 가까이 들여다보기 위해 남편의 손을 살며시 잡았다. 땅거미 진 경내에 법고가 울렸다.

# 낙원 다푸르로 가는 밤

열린 현관문으로 안개가 스며들었다.

관리원은 모자를 벗어 들고 눈인사를 건넸다. 현관문을 열어준 여자는 고개를 돌렸다. 늪의 안개는 희미한 악취를 머금고 있었다. 구역질을 삼키는 여자 뒤에서 멜빵바지를 입은 아이가 작고 까만 머리를 내밀었다. 아이는 자기 머리만 한 둥근 거울로 관리원의 얼굴을 비췄다. 관리원이 왼쪽 눈을 들이대자 뒷걸음치며 A-HN13호실 안으로 달아났다.

관리원은 주먹 쥔 손으로 입을 가리고 밭은기침을 했다. 여자에게 실내복의 단추를 채울 시간을 주고 싶었다. 그러나 여자는 빈약한 가슴골이 드러난 줄도 모르고 있었다. 안개에 젖은 팔뚝을 긁던 여자는 관리원의 시선을 의식하고 멈추었다. 관리원은 근무복 가슴 주머니에서 작은 수첩과 볼펜을 꺼내들었다.

"지난번에 드린 피부연고가 맞지 않는 모양이군요. 이번에는 다른 피부연고를 가져다드리겠습니다. 잠은 좀 주무시나요? 필요하시다면 소량의 수면제라도."

"그이를 어떻게 한 거죠?"

남자를 기다리는 여자는 피부연고나 수면제에 관심이 없었다.

"곧 돌아올 겁니다."

"곧 돌아온다, 곧 돌아온다."

여자는 고장 난 재생 기계처럼 관리원의 말을 따라했다.

"정말, 그이를 어떻게 한 거예요?"

"제대로 된 치료를 받고 있습니다. 안심해도 될 최고의……."

관리원이 채 말을 마치기도 전에 여자는 그의 한쪽 뺨을 손톱으로 할퀴었다. 관리원의 뺨에는 가늘고 긴 여러 줄의 붉은 손톱자국이 생겼다. 관리원의 모자와 수첩이 바닥에 떨어졌다. 정중했던 표정은 한순간에 허물어졌다. 관리원은 여자의 눈을 물끄러미 들여다보았다. 여자의 눈은 분노로 가는 실핏줄이 터져 있었다. 그러나 여자를 바라보는 관리원의 눈에는 분노도 원망도 없었다.

"나는 자식이 있어서 시립양로원에도 들어갈 수가 없소. 자식들과 연락이 끊긴 지도 오래고. 아내는 이제 개와 고양이도 구분을 못 한다오."

현관 바닥에 떨어진 모자를 집어 든 관리원은 먼지를 툭 털었다. 물기 머금은 먼지가 햇살에 흘러내렸다. 관리원은 구부렸던 등을 펴고 하늘을 올려다보았다. 어느새 안개 사이로 드러난 태양에 오른쪽 눈살을 찌푸렸다. 무표정한 왼쪽 눈만이 열려 있었다. 관리원은 치켜든 턱을 천천히 주억거렸다. 독기 어린 여자의 행동이며, 종잡을 수 없는 변덕스런 날씨며, 백발이 성긴 나이에 수모를 당해야 하는 처지까지 수긍하고 받아들이는 몸짓처럼 보였다.

　관리원은 모자를 눌러쓰고 현관문을 빠져나갔다. 모자챙 끝이 현관문에 달린 청동 문패를 훑고 지나갔다. A-HN13, 뜻을 알 수 없는 문자가 돋을새김된 청동 문패가 가늘게 떨렸다. 평정을 잃은 관리원은 바닥에 떨어뜨린 수첩까지는 챙기지 못했다. 기회를 엿보던 아이가 몰래 수첩을 집어 들었다. 늪과 A-HN13호실을 관리하는 관리원은 늘 수첩을 지니고 다녔다. 또래도 마땅한 놀잇거리도 없는 늪에서 관리원의 수첩은 호기심을 자아내기에 충분했다.

　관리원이 현관문을 나서자 아이는 거실 창문으로 재빠르게 달려갔다. 창문 아래에 놓인 소파 위로 올라가 둥근 거울을 창밖으로 내밀었다. 얼얼한 뺨을 어루만지며 자전거에 올라타는 관리원의 몸놀림이 평소와 달리 굼떴다.

*

"그만 내다보렴."

　여자의 목소리는 메마르고 끝이 날카로웠다. 여자는 주방 한쪽에 놓인 식탁에 앉아 있었다. 뒤뜰로 연결된 출입문이 있는 주방이었다. 주방과 거실 사이에는 따로 문이 없어서 식탁에서 거실까지 한눈에 볼 수 있었다.

　잠시 망설이던 아이는 둥근 거울로 관리원의 얼굴을 비췄다. 안개가 완전히 걷혀 쨍한 햇살이 거울에 강하게 부딪혔다. 그리고 빠르게 튕겨

낙원 다푸르로 가는 밤

올라 관리원의 눈을 찔렀다. 관리원은 자전거 핸들을 붙잡았던 손으로 오른쪽 눈을 감싸며 비칠거렸다.

아이의 작은 입술이 소리 없이 벌어졌다. 잔디 위를 달리던 서른 두 개의 바큇살이 순식간에 허공을 맴돌았다. 관리원의 자전거는 느티나무 그루터기에 걸려 거꾸러져 있었다.

"어서 이리 와!"

인내심이 극에 달한 외침에 아이는 화들짝 몸을 돌렸다.

전등 불빛이 식탁 위를 밝히고 있었다. A-HN13호실은 한낮에도 대개 어두웠고, 하루 종일 전등을 켜두었다. 아이는 여자와 마주 앉아 수저를 쥐었다. 늦은 점심식사였다. 숟가락으로 식은 국을 저었다. 수저가 일으킨 국그릇 속의 소용돌이는 빠르게 그리고 점점 느리게 헛도는 서른두 개의 바큇살 같았다. 아이는 자신의 눈이 시린 것처럼 눈꺼풀을 비볐다.

현관문은 관리원이 떠날 때 열린 그대로였다. 안개가 걷혀도 희미한 악취는 쉽게 사라지지 않았다. 여자는 몸을 일으켜 무거운 걸음을 옮겼다. 현관문을 닫던 여자의 입술이 아이가 그랬던 것처럼 소리 없이 벌어졌다. 느티나무 그루터기 옆에 관리원이 피를 흘린 채 쓰러져 있었다.

뜻밖의 광경을 멍하니 바라보던 여자는 한 발을 현관문 밖으로 내밀었다. 그러나 그 발을 다시 안으로 끌어당기고 아이를 돌아다보았다. 아이의 겁먹은 눈이 여자를 바라보고 있었다. 여자는 현관문을 힘껏 닫아버렸다.

여자는 다시 식탁으로 돌아가지 않았다. 벽난로 옆 흔들의자에 몸을 깊숙이 밀어 넣고, 화보집을 펼쳐들었다. 낙원 다푸르 화보집이었다. 겉표지의 정경은 아름답고 평화로웠다. 푸른 잔디가 펼쳐진 언덕 위의 작은 통나무집 그리고 구름 한 점 없는 파란 하늘의 실사로 장식한 겉표지였다. 그 화보집을 받쳐 들고 있는 여자의 양손이 떨렸다. 쓰러진 남자는 관리원이 데려간 뒤로 돌아오지 않았고, 늪이 아닌 그곳에서 자신들을 관리하는 그들이 속속들이 지켜보고 있었다. 흐느끼는 여자의 무릎 위에 올려놓은 화보집이 흔들렸다.

아이는 여자의 눈치를 살피며 식탁에서 빠져나왔다. 현관 바닥에서 몰래 주웠던 수첩을 펼쳤다. 수첩에는 일곱 살 아이가 이해하기 어려운 단어들이 적혀 있었다. 그래도 아이는 끈기를 가지고 A-HN13호실에 관한 기록을 찾아내었다.

관리원의 수첩에는 A-HN13호실의 구성원부터 기록되어 있었다.

'혼인 관계의 성인 남자와 성인 여자 그리고 두 사람 사이에서 태어난 여자아이.'

손때 묻은 수첩에 볼펜으로 눌러쓴 자국이 이면까지 배어 있었다. 수첩에 더 이상 흥미를 느끼지 못한 아이는 관리원을 흉내 내어 멜빵바지 주머니에 수첩을 넣었다.

전직 서기였던 관리원은 늪에서의 자잘한 일들을 수첩에 메모해두고는 했다. 그러나 관리원의 표현을 빌리자면 실질적인 관리는 모든 것을 지켜보고 있는 그들에 의해 이루어지고 있었다. 늪이 아닌 다른 그곳에서.

\*

 A-HN13호실 거주자들은 깊은 밤 늦으로 왔다. 도착을 환영하기 위해 나온 사람은 아무도 없었다. 열쇠를 전달하기 위해 나온 관리원이 전부였다. 대면하자마자 관리원은 대뜸 이렇게 말했다.
 "운이 좋았어요. 딱 한 자리가 비어 있었거든요."
 정말 커다란 행운을 누리고 있다는 걸 알려주는 사람처럼 환하게 미소를 지었다. 사람 좋아 보이는 편안한 웃음은 얼굴의 굵은 주름들을 더욱 도드라지게 했다. 감색 근무복이 잘 어울리는 관리원은 깡마른 체구의 노인이었다.
 관리원이 일깨워준 뜻밖의 행운에 남자와 여자 그리고 아이는 별 반응을 보이지 않았다. 무안해진 관리원은 모자챙을 슬쩍 들어 올렸다. 뒤늦은 수인사에 거구의 남자만이 인사를 갖췄다. 본인만이 눈치챌 수 있을 정도로 상체를 약간 앞으로 수그렸을 뿐이었다. 그들이 인사성이 없는 건 아니었다. 단지 지쳐 있었다.
 출발부터 애를 먹었다. 아이는 감기 기운이 있었고, 여자는 편두통을 호소했다. 아까시나무 숲 초입까지 태워준 택시 운전기사와는 실랑이를 벌여야 했다. 노란색 패딩 잠바를 입은 운전기사는 이 사이로 침을 뱉어댔다. 손님 스스로 승차를 포기하게 만들려는 의도된 수작이었다.
 운전기사는 첫 손님 입에서 나온 행선지가 탐탁지 않았다. 대화할 때 제대로 초점을 맞추지 못하는 남자의 눈도 불편했다. 짧은 목을 돌려 남자에게 되물어보았다.

"늪이 어디요?"

늪은 안개와 아까시나무 숲으로 가려져 있었다. 나뭇가지에 잔가시가 빽빽한 아까시나무 숲은 산책이나 등산에 적합하지 않았다. 버림받은 척박한 땅으로 여겨졌다. 숲 자체가 도로변에서 접근하기 힘들다 보니 인근 도시의 새로운 이주민들은 늪의 존재조차 몰랐다.

개중 숲에서 가까운 지역의 나이 든 토박이들은 늪에 대해 어렴풋이 알고 있었다. 오래전 늪에서 비밀리에 이루어진 실험으로 죽음의 땅이 되었다는 풍문이지만, 인근 도시에 집과 땅을 가진 사람들은 단호하게 부정했다.

한때 인터넷에 늪에 대해 의혹을 제기하는 기사가 떠돌아다니기도 했다. 그러나 그 기사를 작성한 사람들은 하나같이 도덕성에 심각한 결함이 밝혀져 기사까지 가짜 취급을 받았다. 그중 몇몇은 죽음으로 결백을 호소했지만, 사람들의 관심을 끌지 못했다. 결국 인터넷에서 늪에 대해 의혹을 제기한 기사까지 흔적 없이 사라졌다.

무연고자들이 생체 실험을 위해 늪으로 실려 간다는 소문이 노숙자들 사이에서 돌기도 했다. 그러나 이런 소문들은 역한 냄새를 풍기는 노숙자들의 입에서 나온 말이라 뜬소문으로 치부해버리기 일쑤였다. 간혹 어떤 이들은 호기심이 발동했다. 그러나 아까시나무 숲에 발을 들여놓는 순간 비명횡사를 면치 못한다는 금기가 알음알음 전해져 근접해볼 엄두조차 내지 못했다.

오후 교대 근무를 나온 운전기사가 노골적으로 짜증을 낸 건 트렁크에 실어야 할 여러 개의 여행 가방들 때문만이 아닌 건 분명했다. 남자가 조심스럽게 말한 목적지는 다름 아닌 늪이었다.

*

 남자와 여자 그리고 아이가 숲 초입까지나마 택시로 올 수 있었던 건 운전기사의 징크스 때문이었다. 술과 싸움을 좋아하는 운전기사는 별이가 신통치 않았다. 개시 손님부터 승차 거부를 한 날은 사납금 채우기도 힘들었다. 그러나 징크스를 따르는 것이 언제나 현명한 건 아니었다. 숲으로 가까워질수록 비포장도로는 진흙길에 가까웠다.
 안개가 시야를 가리자 핸들을 힘하게 꺾으며 욕설을 내뱉었다. 그나마 운전기사가 인내심을 보인 건 거기까지였다. 숲 초입에서 '위험 접근 금지' 경고 팻말을 보자 운전기사는 택시를 세우고 남자와 여자를 사납게 끌어내렸다. 급하게 내리던 여자의 스카프가 택시 차문에 끼이자 남자는 운전기사의 멱살을 잡았다.
 트렁크에 실렸던 여행 가방들의 처지도 별반 다를 게 없었다. 진흙 바닥 위에 내던져진 여행 가방의 잠금장치가 부서졌다. 입을 크게 벌린 여행 가방이 게워낸 면도기와 원피스와 머리방울 따위를 여자가 차근차근 주워 담았다.
 등골이 오싹해진 운전기사는 서둘렀다. 팻말의 경고문이나 경고표시 해골 그림이 단순히 죽음에 대한 공포를 일으켰다면 호기를 부렸을지도 몰랐다. 그러나 녹물이 흘러내려 붉어진 해골의 눈은 기분을 몹시도 찜찜하게 만들었다. 급출발하는 차창 밖으로 혐오를 드러내는데 침보다 효과가 확실한 가래를 보란 듯이 내뱉었다. 그리고 아까시나무 숲을 큰 소리로 저주하고 부인했다.

"해골의 눈과 마주친 자마다 살아서 돌아가지 못하리라!"

반쯤 얼이 나간 운전기사가 택시를 몰고 사라지는 모습을 아이만이 지켜보았다.

되돌아가던 택시는 팻말의 경고대로 아까시나무 숲에서 길을 잃고, 구덩이에 빠졌다. 두 팔을 걷어붙인 운전기사는 택시를 힘껏 밀어보았다. 차체는 움직이지 않았고, 차바퀴 공회전하는 소리만이 요란했다. 구덩이는 차바퀴뿐만 아니라 시간도 빠르게 삼켰다. 비지땀을 흘리는 운전기사 머리 위에서 밤의 새가 일찍부터 울었다. 아까시나무 숲에 서식하는 밤의 새는 울음소리마저 기괴했다. 운전기사는 어두워지기 전에 도움이 필요하다고 판단했다. 핸드폰을 꺼내들었지만 액정에 '통화 불능 지역'이란 표시가 떴다.

구조 요청을 하기 위해 길을 나선 운전기사가 늪 깊숙이 사라진 사실을 남자와 여자 그리고 아이는 짐작조차 못 했다. 운전기사의 저주로 흔들렸던 마음을 가라앉히는 데 적지 않은 시간이 걸렸다. 아까시나무 숲에서 밤의 새가 울자 남자는 외투 안에서 종이 한 장을 꺼내들었다. 도시의 가로등에 무심하게 붙여져 있었던 안내문이었다.

여행 가방을 끌고 아까시나무 숲 초입에서부터 늪까지 걸어야 했다. 안내문에는 그 어떤 교통 편의도 제공할 수 없다고 적혀 있었다. 정기 건강검진에 적극적으로 응해야 한다는 단서만큼이나 꺼림칙했지만, 불평을 늘어놓을 연락처조차 안내문에는 없었다.

여행 가방을 혁대로 묶은 남자는 매운바람에 떨고 있는 여자와 아이를 보았다. 여자는 아이의 코트를 단단히 여며주었다. 파란 실핏줄이 비치는 아이의 투명한 볼은 여자의 스카프로 감싸주었다. 마지막으로 아이의 코트 위로 둥근 거울을 밀어 넣어주었다. 코트 깃 사이로 솟은 둥근 거울은 아까시나무 숲을 응시했다.

밤이 일찍 찾아드는 아까시나무 숲은 폴리페모스의 동굴처럼 어둡고 척척했다. 안개는 자욱했고, 아까시나무 숲 사이로 난 오솔길은 거칠었다. 인적이 드문 길이라 잡초가 무성했다. 아까시나무 굵은 가지에 둥지를 튼 밤의 새가 안개 사이로 낯선 이들을 주시했다.

서로 엉켜 빽빽이 자란 아까시나무 가지들은 남자와 여자와 아이의 가장 좋은 외투를 망가뜨렸다. 늪으로 오기 전 얼마 안 되는 재산을 정리하고 나머지 돈으로 장만한 외투였다. 그러나 찢어진 새 외투 따위야 이제 그 누구도 상관하지 않았다.

※

오로지 관리원의 손에 들린 열쇠에 집중했다. 찰칵, 열쇠구멍에 맞물린 열쇠가 매끄러운 마찰음을 냈다. 남자와 여자는 절박하게 원했던 먹잇감을 코앞에 둔 짐승처럼 군침을 삼켰다. 아이는 여자의 손을 꼭 잡았다.

아까시나무 숲을 걸어오는 동안 절실히 원했던 건 겉치레의 환영인사보다 통통 부은 발을 올려놓을 수 있는 의자나 소파였다. 마침내 실내에서 쏟아지는 불빛이 아이의 코트 깃 사이로 솟은 둥근 거울에 환하게 부딪쳤다. 현관문을 열어준 관리원은 일 층의 거실과 주방 그리고 이 층의 두 개의 침실과 욕실을 안내해주었다.

남자는 A-HN13호실이 상상했던 것보다 널찍한 것에 만족했다. 여자는 꼼꼼하게 구비된 가구와 가전제품과 생활용품에 감탄했다. 아이는 작은 침실 벽지의 비행기 캐릭터를 좋아했다. 통통한 양팔을 펼쳐 비행기 흉내를 냈다. 어릴 적 비행기를 좋아했던 남자는 아이에게 다가가 정수리를 쓰다듬었다. 그리고 작은 침실 창가에서 뒤뜰을 내려다보았다. 잔디만 깔려 있고 꽃나무 한 그루 없는 뒤뜰에는 정원용 테이블이 놓여 있었다.

"뒤뜰에 꽃을 심어야겠어. 볕이 좋은 날이면 담요도 내다 널고."

여자가 조심스럽게 속삭였다.

"큰 침실도 보시겠습니까?"

관리원은 작은 침실 맞은편 큰 침실 문을 열어주었다.

아이는 큰 침실로 달려가 넓은 침대 위를 뛰어다녔다. 남자는 큰 침실 창문 커튼을 들추었다. 큰 침실 창가에서는 밑동 잘린 나무 그루터기가 내려다보였다. 관리원이 창가로 다가왔다.

"창문을 다 가릴 정도로 느티나무의 잎이 정말 무성했죠."

"잎이 무성했던 느티나무가 이제 그루터기만 남은 거군요."

"가장 중요한 환영 인사는 아직 끝나지 않았습니다."

관리원은 화제를 돌리며 일 층 주방으로 내려갔다.

A-HN13호실 소개가 대충 끝나자 관리원은 마지막으로 냉장고 문

을 열어 보였다. 냉장고 가득 채워진 먹을거리에 가벼운 탄성이 흘러나왔다. 저녁식사 시간이 훌쩍 지났다는 걸 A-HN13호실의 새로운 거주자가 된 남자와 여자 그리고 아이는 잊고 있었다. 먹을거리를 보자 그제야 굶주린 위장이 요동쳤다. 오붓한 식사를 위해 관리원이 어서 돌아가주길 바랐다. 간단하게 안내를 마친 관리원은 내일 다시 방문할 것을 약속했다. 그리고 남자에게 보란 듯이 짐받이가 달린 낡은 자전거의 안장을 두들겨 보였다.

"저랑 같이 늙어가는 자전거지만, 아직도 탈 만합니다."

관리원의 자전거 타는 솜씨는 안개와 어둠 속에서도 능숙했다.

관리원이 돌아가자 A-HN13호실 거주자들은 우선 냉장고에 있던 호두파이를 오븐에 데워 먹었다. 단출하게나마 허기를 채우자 감당할 수 없는 졸음이 밀려왔다. 이 층 침실까지의 거리조차 너무 멀게만 느껴졌다. 거실 창문 아래에 놓인 소파에 그대로 주저앉았다.

소파에서 선잠이 든 A-HN13호실 거주자들을 깨운 건 다름 아닌 추위였다. 아까시나무 숲으로 둘러싸인 늪의 새벽은 선뜩했다. 여자는 아이를 안고 큰 침실로 올라갔다. 뒤를 따르던 남자는 난방장치를 생각해냈다. 이 층의 큰 침실과 작은 침실 사이에서 보일러를 찾아낸 남자는 관리원을 좀 더 붙들어두지 않은 걸 후회했다. 원인은 알 수 없지만 난방장치가 제대로 작동되지 않았다. 남자는 할 수 있는 모든 방법을 동원했다.

우선 스위치를 껐다가 다시 켰다. 전기가 들어오는 걸 확인한 뒤 매뉴얼대로 차근차근 난방장치를 작동시켜보았다. 그러나 여러 차례의 시도에도 불구하고 난방장치는 작동되지 않았다. 고장 난 난방장치 앞에 선 채로 아침을 맞이할 수는 없었다.

남자는 여자와 아이가 먼저 잠든 큰 침실의 침대로 몸을 밀어 넣었다. 난방을 포기한 늪에서 맞이한 첫날 밤은 몹시 쌀쌀했다. 아이는 둥근 거울을, 여자는 아이를, 남자는 여자의 구부린 등을 끌어안았다. 서로의 체온만으로도 부족해 간간이 잠에서 깨어났다. 그리고 악몽이 아니길 빌고 또 빌었다.

✽

약속한 대로 다음 날 아침, 관리원은 A-HN13호실을 다시 방문했다. 차를 마시며 관리원을 기다리고 있던 A-HN13호실 거주자들은 신사답고 숙녀답게 차려입었다. 추위에 떨던 간밤의 비참함을 깨끗이 지우기 위해 남자는 찬물로 깨끗이 면도를 했다. 여자는 가격표도 떼지 않은 원피스를 입었고, 아이는 방울로 머리를 곱게 땋았다.

남자는 고장 난 난방장치를 관리원에게 보여주었다. 관리원은 난방장치 주입구에 물이 부족한 걸 발견했다. 난방장치가 작동되기 위해서는 얼마간의 물이 필요했다. 난방장치에 물을 보충하자 거친 기계음과 함께 초록 불이 들어왔다. 관리원은 물을 미리 보충해두지 않은 실수를 인정하고 정중히 사과했다.

"고작 물 때문이었단 말이지."

남자는 손바닥으로 이마를 쳤다.

낙원 다푸르로 가는 밤

여자는 관리원에게 의자를 내주고 차를 권했다. 여자의 목에는 쓸린 자국이 남아 있었다. 스카프가 택시 차문에 걸릴 때 생긴 상처였다.

"부인께서 어쩌다 목이 쓸렸군요. 아까시나무 숲은 누구에게나 고약하니까요."

여자가 차를 준비하는 동안 관리원은 근무복 가슴주머니에서 수첩을 꺼냈다. 남자는 난방장치가 오작동한 날짜와 원인을 기록하는 거라고 짐작했다. 찻잔을 돌리며 지루함을 견디는 남자에게 관리원은 수줍은 미소를 던졌다.

"습관이지요."

간단한 메모를 마친 관리원은 A5 크기의 얇은 책자를 내밀었다.

"구비된 물품 목록입니다."

남자는 받아든 비품 목록 책자를 들춰보았다. A-HN13호실에 구비된 물품과 사용 방법, 생필품 조달 시기와 수량 등이 상세하게 적혀 있었다.

"천천히 살펴보시면 도움이 될 겁니다. 불편하거나 궁금하신 점은 저에게 말씀해주시면 됩니다. 제가 그들에게 전달하고, 그들의 결정 사항을 다시 알려드리겠습니다."

한결 여유가 생긴 남자는 관리원의 얼굴에서 새로운 사실을 발견했다. 관리원의 왼쪽 눈동자 색깔이 플라스틱처럼 탁했다.

"조용한 곳이군요. 사실 저희도……."

남자는 동의를 구하는 것처럼 여자를 힐끗 보았다. 여자는 무릎 위에 얌전히 올려둔 손등에 눈길을 주고 있었다.

"조용히 살기를 원합니다."

"괜찮습니다. 그들이 원하는 바지요."

"국가기관입니까, 사설기업입니까? 이 정도는 대답해줄 수 있지 않을까요?"

관리원은 약간 슬픈 표정을 띠었다.

"너무 많은 질문은 종종 삶을 곤란에 빠뜨릴 때도 있죠. 실제로 제가 아는 바도 별로 없고요. 선택은 본인이 하시면 됩니다. 늪에 남든지 아니면 가방을 다시 꾸리든지. 그들은 아무런 강요도 하지 않습니다."

관리원이 다시 모자를 눌러쓰자 남자는 아무런 강요도 받지 않았지만, 선택의 여지도 없다는 걸 깨달았다.

현관문을 나서던 관리원은 남자를 향해 몸을 돌렸다.

"정기 건강검진 일정은 연락이 오는 대로 제가 알려드릴 겁니다. 그나저나 마침 날씨도 좋은데 먼저 늪을 둘러보시겠습니까. 아름다운 곳이랍니다. 안개만 아니라면."

관리원은 신선한 공기를 남자에게 권하듯 심호흡을 했다.

"안개는 상상할 수도 없는 풍경이지 않습니까."

남자는 잠시 현기증이 일었다. 아까시나무 숲을 걸어올 때만 해도 상상할 수 없었던 목가적인 마을의 모습이었다. 넓게 펼쳐진 잔디는 차가운 날씨에도 푸르렀다. 푸른 잔디 위에 A-HN13호실과 같은 모양의 이층집들이 드문드문 있었다.

"그것도 나쁘지 않은 생각이군요."

남자는 관리원에게 눈을 찡긋해 보였다. 두 눈에 약간의 문제가 있을

낙원 다푸르로 가는 밤

지라도 유머 감각은 남다르다는 걸 보여주고 싶었다. 그러나 관리원은 웃지 않았다.

"신중한 분이시니 제가 따로 말씀 안 드려도 되겠지만 말입니다. '위험 접근 금지' 경고 팻말이 산책을 방해할지도 모릅니다."

관리원은 손가락을 들어올렸다. 남자는 가늘게 눈을 뜨고 관리원의 손가락 끝을 쫓았다. 구름 없는 하늘에는 새들이 무리 지어 날아다녔다. 경건하게 들린 손가락은 눈에 보이지는 않으나 기억해야 할 존재를 남자에게 상기시켜주었다.

"하여간, 그들이군요."

남자는 어금니를 깨물었다.

날렵하게 자전거에 올라탄 관리원은 모자를 흔들어 보였다. 마주 손을 흔들던 남자는 A-HN13호실 앞 느티나무 그루터기에 걸터앉았다. 이끼가 끼지 않은 느티나무 그루터기는 표면이 까칠했다. 관리원의 자전거는 모퉁이를 돌며 아까시나무들 사이로 사라졌다.

남자는 손세수를 하며 관리원처럼 심호흡을 했다. 관리원의 손가락 끝이 겨누던 허공이 결코 우습게 여겨지질 않았다. 남자가 다시 심호흡을 하자 안개가 남긴 희미한 악취가 맡아졌다. 거실 창문 너머로 남자를 지켜보던 여자는 팔뚝을 무심코 긁었다.

✻

안개에 잠겼을 때 늪은 안개 외에는 상상할 수 없었다. 그러나 안개가 걷히면 안개는 상상할 수도 없는 풍경으로 바뀌었다. 다만 안개가 걷힌 날보다 안개에 잠긴 날이 많았다. 안개에 잠긴 날이면 A-HN13호실 거주자들은 전등을 밝히고, 문이란 문은 모두 닫아걸었다. 희미한 악취를 막기 위해서였다. 심지어 안개가 짙은 날에는 꼭 필요할 때 외에는 말을 아꼈다. 관리원이 맑은 날씨를 만끽하려고 심호흡까지 했던 기분을 이해할 수 있었다.

관리원의 권유와 달리 A-HN13호실 거주자들은 산책을 하지 않았다. 남자는 여자와 아이에게 산책을 좀 더 미루자고 제의했다. 거기에는 나름 이유가 있었다. 관리원이 이른 대로라면 산책 도중 접근 금지 표시를 곳곳에서 발견할 수도 있었다. '위험 접근 금지' 경고 팻말 때문에 이미 진흙 바닥 위로 거칠게 끌어내려진 경험을 했던 여자와 아이였다. 여기까지야, 더 이상은 안 돼, 라고 여자와 아이에게 말하고 싶지 않았다.

남자와 여자는 산책 대신 A-HN13호실 구석구석을 둘러보고, 비품 목록 책자와 실제로 구비된 물품을 대조하며 대부분의 시간을 보냈다. 아이는 A-HN13호실 여기저기를 둥근 거울로 비춰보는 거울놀이로 하루를 보냈다. A-HN13호실 안에만 머무르기 갑갑해질 때면 뒤뜰을 거닐거나 정원용 테이블에 둘러앉아 차를 마셨다.

딱히 할 일이 없는 늪에서 하루 세 번의 식사는 중요한 일과였다. 희미한 악취를 풍기는 안개에 대한 보상인지 다행히 제공되는 식재료는 신선했고, 찻잎과 와인은 최상급이었다.

식사를 마친 남자는 소파에 앉아 부른 배에 손을 얹었다. 늪에서 만족스런 식사를 하는 남자와 달리 식사량이 부쩍 준 여자에게 말을 걸었다.

"관리원 봤어?"

거실 벽난로 옆 흔들의자에 앉은 여자는 화보집을 보고 있었다. 고개를 숙이고 등을 굽힌 여자가 남자의 말을 듣고 있는지 알 수 없었다. 그러나 남자는 여자와 사랑에 빠졌던 첫 만남 때처럼 개의치 않았다. 여자는 그때도 지금과 똑같은 자세로 앉아 있었다.

"난 그 사람이 맘에 들어. 왼쪽 눈에 개눈을 박아 넣었더군."

남자는 양손을 깍지 껴 손가락 꺾기를 했다. 관리원에게서 자신과 비슷한 장애를 발견하고 한결 긴장을 푼 눈치였다.

"잔인해."

남자가 돌아보니 아이가 입술을 바르르 떨고 있었다.

"잔인해? 아빠가?"

"관리원 아저씨는 나쁜 사람이야. 그 개가 너무 불쌍해."

눈물이 차올라 젖은 속눈썹은 아이의 눈망울을 더욱 커 보이게 했다. 잠시 아이의 말뜻을 헤아리던 남자는 너털웃음을 지었다. 남자는 아이를 안아 올렸다.

"아무도 개에게서 눈을 빼앗지 않았어. 개눈은 말이야. 가짜 눈을 말하는 거야. 살아 있는 개의 눈을 빼앗다니, 아가."

"나는 아가가 아니야."

"벌써부터 다 컸다고 하면 아빠가 서운한데."

남자는 안고 있던 아이의 뺨을 살짝 꼬집었다. 아이는 더 이상 대꾸하지 않았지만, 남자의 말에 모두 동의하지는 않았다.

아까시나무 숲 초입에서부터 말수가 더욱 적어진 여자가 모처럼 입을 열었다.

"여보, 나는 무서워. 한낮도 아닌 시각인데 열쇠까지 들고 마중을 나왔잖아."

남자는 아이를 안은 채로 휘청거렸다. 구름을 타고 떠돌다 현실의 발끝을 내려다본 기분이었다. 낯선 환경과 상황을 유리한 쪽으로만 받아들이게 했던 극도의 피로와 긴장이 떠올랐다. 여자의 말대로 당연히 의구심을 가져야만 했다.

출발하기 전 늪에 연락을 한 적이 없었다. 전화로든 메일로든 연락을 하고 싶어도 할 수가 없었다. 안내문에는 어떤 연락 방법도 적혀 있지 않았다. 의혹을 갖기에는 마중을 나온 관리원의 태도가 너무나 자연스러웠다. 늪의 도착을 실감하게 한 관리원의 편안한 웃음이 오히려 합당한 의혹을 비현실적으로 여기게 했다.

남자는 자신의 유머 감각이 실력을 발휘해야 할 때라고 여겼다.

"이런, 이런, 기분을 맞춰드려야 할 숙녀가 둘씩이나 되는군. 아첨꾼이라면 몰라도 신사에겐 무리인걸."

남자의 어설픈 유머에 아무도 반응을 보이지 않았다. 여자는 거실 창문을 향해 얼굴을 돌렸다.

"느티나무 그루터기에는 이끼가 끼지 않았어."

남자는 어리석은 사람이 아니었다. 여자의 말이 뜻하는 바를 알고 있었다. 그루터기의 까칠한 표면에 엉덩이가 쓸릴 때 느티나무가 최근에 베어졌다는 걸 짐작했다. 밑동의 굵기나 상태로 보아 느티나무는 건강하게 자라고 있었음에 틀림없었다. 이유가 무엇이든지 생명력 강한 느티나무를 베어냈다는 건 아무래도 유쾌한 일이 아니었다.

여자는 늪으로 온 뒤 남자와 애써 외면했던 또 한 가지 사실을 털어놓듯 말했다.

"관리원 외에는 늪에서 마주친 사람이 아무도 없잖아. 두꺼운 커튼이 밤낮으로 쳐진 집들에 불빛이 밝혀지는 걸 본 적도 없고."

남자는 더 이상 어설픈 농담을 하지 않았다.

"우리가 늪으로 가야 한다고 말한 사람은 분명 당신이었어. 늪으로 간다고 해도 더 이상 나빠질 게 없다고."

여자는 입을 다물었다. 늪으로 올 수밖에 없었던 까닭에 대해서라면 할 말이 없었다. 여자는 도시야말로 늪이라고 남자에게 한숨짓고는 했다.

※

늪으로 오기 전, 도시에서 남자와 여자는 곧잘 오해를 받았다. 거구의 남자는 사물을 볼 때 눈의 초점을 제대로 맞추지 못했다. 공항 활주로에서 멋지게 이륙하는 비행 조종사를 꿈꾸었지만 포기할 수밖에 없었다. 사람들은 남자의 눈에 장애가 있다는 걸 알면서도 번번이 불쾌해했다. 특히 일이 제대로 풀리지 않을 때는 엉뚱하게 튕겨져 나간 남자의 시선을 문제 삼았다.

"여보게, 대화를 할 때는 내 눈을 보게나."

그때마다 남자는 진땀을 흘려야만 했다. 어설픈 유머 감각에 대한 자부심에도 불구하고 남자는 늘 감원 대상 일 순위였다.

오해를 받기는 여자도 마찬가지였다. 여자는 대개 고개를 숙이고 등을 굽히고 있었다. 곱사등이는 아니었다. 다만 여자는 어릴 적부터 사람들과 눈을 마주치는 걸 힘겨워했다.

침을 튀기며 미적분을 설명하던 수학 교사는 여자가 제대로 수업을 듣지 않고 있다고 짐작했다. 새로 전임 온 수학 교사였다.

"맨 뒤의 저 여학생, 고개 들어."

여자의 짝꿍이 나서서 두둔해주었다.

"이 친구는 부끄러움을 타요."

"아무리 부끄러움을 타더라도 수업시간에는 고개를 들어야지. 이야기를 할 때 상대방의 눈을 바라보지 않는다는 건 정직하지 못하다는 증거야."

원칙을 중시하는 수학교사는 여자가 고개를 숙이는 걸 허락하지 않았다. 오십 분 수업 내내 여자의 눈만 바라보며 수업을 하였다. 당황한 여자의 호흡은 가빠지고, 눈꺼풀은 납덩이처럼 무거워졌다. 종이 울리고 수업을 마친 수학 교사가 앞문으로 나가자 여자는 그대로 책상 위로 쓰러졌다. 수학 교사가 앞문으로 나갈 때 여자를 한 번 더 쳐다보았는지는 이십 년도 더 지난 일이라 여자의 기억에도 확실하지 않았다.

같은 깃털의 새는 함께 무리를 지어야 한다는 속담이 마치 남자와 여자의 만남을 두고 이른 것 같았다. 일반적인 지식은 좀 부족하지만, 상상력이 풍부한 어느 한 지인이 남자를 보고 여자를 떠올렸다. 여자를 보고 남자를 떠올렸을 때는 두 사람의 만남을 미룰 이유가 전혀 없다고 확신했다.

　남자와 여자의 첫 만남이 이루어지던 날, 아이스크림처럼 달콤한 온기가 두 사람의 가슴 위로 부드럽게 녹아내렸다. 무엇보다 서로에게는 오해받을 일이 없다는 데 안도했다. 여자는 눈을 내리깔고 있느라 남자의 시선이 엉뚱한 곳으로 튕겨져 있는 걸 개의치 않았다. 남자는 자격지심 대신 한 여자에게 사내로서 부끄러움을 일으킬 수 있다는 자부심에 넓은 어깨를 활짝 펼 수 있었다.

✱

　늪에서 정기 건강검진은 매주 금요일 오전마다 이루어졌다. A-HN13호실 거주자들은 수면 상태로 건강검진을 받았기에 어디서 어떻게 검진이 이루어지는지 몰랐다. 관리원 감독 아래 A-HN13호실에서 수면 상태에 들어가면 검진 장소로 옮겨졌고, 검진을 마치면 다시 침실에서 깨어났다.

　첫 번째 건강검진을 마치고 깨어나서는 검진을 위해 걸렀던 아침식사를 했다. 그러나 건강검진 시간이 점점 늘어나는지 두 번째부터는 깨어나서 이른 점심식사를 하다가 최근에는 늦은 점심식사를 했다. 팔오금에는 주삿바늘 자국과 피멍이 가시질 않았다.

몇 번째인지도 알 수 없는 정기 건강검진을 마친 날이었다. 관리원은 A-HN13호실 거주자들이 수면 상태에서 깨어난 걸 확인하고 현관문을 나섰다. 신발을 발에 꿰어 신은 남자는 돌아가는 관리원을 불렀다.

"질문 하나 드려도 될까요?"

관리원은 노골적으로 부담스러워하는 표정을 지었다.

"저희 가족이 아까시나무 숲을 가로질러서 늪에 도착한 첫날 말인데요. 어떻게 알고 마중 나오셨나요? 열쇠까지 들고 말이죠. 사전에 아무런 연락을 주고받은 적도 없었는데요. 그 당시는 너무 피곤하고 새로운 환경에 긴장된 탓인지 의구심을 가질 새도 없었지만."

"A-HN13호실에 거주하는 분마다 왜 하나같이 질문이 많은지······."

관리원은 자신이 꺼내놓은 말에 스스로 놀라 어쩔 줄 몰라 했다. 그러나 당황한 관리원과 달리 남자는 여유롭게 응대했다.

"저도 A-HN13호실 거주자가 우리 가족이 처음은 아닐 거라고 생각했습니다."

"노인네로서 충고 하나 해드릴까요. 생각을 하지 마세요. 늪에서는 생각만큼 위험한 게 없습니다. 생각이 행동을 낳는다면, 결국 불필요한 생각이 불필요한 행동을 낳는 법입니다."

관리원은 남자가 늪에 도착한 다음 날처럼 손가락을 들어 하늘을 가리켰다.

"그들은 늪에 없지만 속속들이 보고 있습니다."

"역시 그들이군요. 느티나무의 밑동이 베어진 일도 아마 불필요한 생각과 행동이 낳은 결과이겠군요. 무성한 느티나무의 잎으로 가려진다

낙원 다푸르로 가는 밤

면 속속들이 들여다볼 수 없을 거라 속단했다든지."

관리원은 긍정도 부정도 하지 않았다. 남자는 관리원의 근무복 가슴 주머니를 흘깃거렸다.

"이미 모든 걸 파악하고 있다면, 수첩이란 결국 오래된 습관에서 비롯된 버릇이군요."

"그들이 아니라 거주자들 때문이지요. 최첨단 장비를 제대로 쓸 수 있는 사람들이 거의 없으니까요. 터치만으로 원하는 생필품 목록과 수량이 입력되는 키오스크 같은 장비를 집집마다 갖추어놓는다 해도, 글쎄, 누가 사용이라도 할 수 있을는지?"

관리원은 잠시 말을 멈추고, 체격에 비해 섬세한 남자의 손을 바라보았다.

"그렇죠, A-HN13호실 거주자분들이라면 사용하실 수도 있겠지만요. 대부분은 그렇지 않답니다. 제가 일일이 찾아가 얼굴 마주 보며 물어보고, 받아 적어야 하는 거죠. 그래서 제가 필요한 거지요. 저나 아내에게는 다행일 뿐입니다. 이 나이에 아직 할 수 있는 일이 있으니까요."

남자는 수긍할 수밖에 없어 침묵했다. 자전거에 올라탄 관리원은 다짐 같은 말을 되풀이했다.

"그들이 요구하는 거라곤 건강검진뿐이지 않습니까? 늪 밖에서는 원하는 걸 얻기 위해 사람들을 강제로 가두기도 하지만 그들은 다릅니다. 강요하지 않습니다. 하지만 현명한 거주자라면 늪을 나가길 원하지 않을 겁니다. 늪이 아니면 생활조차 힘든 사람들이 늪으로 오니까요. 저도 아내가 죽을 때까지는 늪을 나가지 않을 생각이랍니다."

"좀 더 미뤄지면 좋겠지만, 만약 그런 일이 닥친다면 어쩌실 셈인가요? 혼자서라도 늪을 나가실 겁니까?"

"아내가 죽은 다음에야 아무 쓸모도 없는 몸을 이끌고 어디로 갑니까? 자식들과 연락이 끊긴 지도 오래인데 말입니다."

관리원은 몹쓸 농담을 들은 사람처럼 어이없어했다. 남자가 무안해할 만큼 웃으며 페달을 밟다가 자전거가 느티나무 그루터기에 걸려 넘어질 뻔했다.

✻

살짝 벌려진 거실 커튼 사이로 휘청거리는 자전거가 보였다. 관리원이 자전거의 중심을 다시 잡자 여자는 커튼을 움켜쥐었다. 남자의 배는 점점 부풀어 올랐고, 여자의 피부는 날이 갈수록 가려움이 심해졌다. 더군다나 아이는 가위에 눌려 비명을 지르고, 헛것을 보았다. 뒤뜰에서 아까시나무 숲 초입까지 택시를 몰았던 운전기사를 보았다고 했다. 이 모든 불길한 일들의 원인이 희미한 악취를 풍기고 다니는 관리원 때문인 것만 같았다.

더욱이 A-HN13호실 앞 느티나무 그루터기를 볼 때마다 꺼림칙했다. 무성한 느티나무의 잎사귀가 A-HN13호실 창문을 뒤덮고 있는 광경이 머릿속에서 그려졌다. 베이지 않았다면 머릿속의 광경을 눈앞에서 볼 수 있었을 터였다. 푸른 잔디 외에는 어디에서도 꽃을 볼 수 없는 늪은 썩은 땅일지도 몰랐다. 잔디밖에 없는 뒤뜰에 꽃을 여러 차례 심

낙원 다푸르로 가는 밤 179

었지만 얼마 못 가 시들해지고 뿌리째 썩어버렸다.

뒤뜰에 꽃을 심고, 담요도 내다 널고 싶다던 여자의 소박한 바람은 바래졌다. 빨랫줄에 널어놓은 담요가 사라지고, 정원용 테이블에서 먹다 남긴 쿠키도 없어졌다. 여자는 더 이상 꽃을 심기 위해 삽을 들지도 담요를 널기 위해 빨랫줄을 걸지도 않았다.

신경이 날카로워진 여자는 마음을 가라앉히기 위해 낙원 다푸르 화보집을 들춰보았다. 일종의 부적처럼 늪에 대한 기대를 담아 장만한 화보집이었다.

늪으로 오기 일주일 전, 여행 가방을 꾸리기 위한 물품을 사려고 나선 날이었다. 여자는 아이의 손을 잡고 엉킨 실타래 같은 골목길을 돌다가 걸음을 멈췄다. 막다른 골목길에 뜻밖에도 중고서점이 있었다. 손님 없는 중고서점에 주인 혼자 둥근 거울로 거울놀이를 하고 있었다. 주인의 천진한 모습에 긴장을 푼 여자는 중고서점에 들어섰다.

여자가 손때 묻은 책들을 둘러보는 동안 아이는 주인의 거울놀이에 흠뻑 빠졌다. 옆에 붙어 서서 둥근 거울이 비추는 중고서점 곳곳을 눈으로 따라잡았다. 둥근 거울이 비추는 곳마다 몽롱한 빛이 어룽거렸다. 푸른 초원이 펼쳐져 있는 화보집 앞에 여자가 오래 머물자 주인은 거울놀이를 멈췄다.

"낙원 화보집이랍니다."

주인은 다른 손님들에게 그랬던 것처럼 여자에게 낙원 화보집을 구입하게 된 경위를 들려주었다. 중고서점에 온 모든 책마다 사연이 있겠지만, 낙원 화보집에는 지금도 이해할 수 없는 여름날의 기억이 담겨 있었다.

이상고온 현상을 보이던 지난 여름날, 중고서점이 위치한 막다른 골목길에는 바람 한 점 없었다. 더위에 지친 주인은 책 먼지 날리는 중고서점을 지키는 대신 시원한 바다에 첨벙 뛰어들고 싶었다. 마른 입술을 혀로 핥으며 온몸의 감각을 상상 속으로 밀어 넣었다. 산호초와 물고기를 쫓아다니다 이제 인어의 윤곽을 완성해나가던 주인에게 선원이 나타났다. 항해를 하면서 세계 각국에서 사 모은 책들을 팔길 원했다. 굵은 팔뚝 가득 책들을 안은 선원은 턱 끝으로 맨 위의 화보집을 가리켰다.

"낙원 화보집이죠. 원양어선을 탈 때 가보았는데, 풍만한 미녀들이 해변을 나체로 돌아다닌답니다."

나체라는 선원의 말에 주인은 화보집을 여러 장 들춰보았다. 그러나 화보집 어디에도 벌거벗은 풍만한 미녀는 없었고, 푸른 초원이 펼쳐진 풍경뿐이었다.

주인은 마른 입술 사이로 혀끝을 다시 내밀었다. 방금 전까지 바닷속을 꿈꾸었던 온몸의 감각 탓인지 푸른 초원에서 풍만한 가슴과 꼬리지느러미를 지닌 인어를 본 것만 같았다. 주인은 낙원 화보집을 포함한 선원의 책들을 모두 사들였다.

낙원 화보집에 얽힌 일화를 들려준 주인은 마치 꿈꾸는 소년처럼 해맑은 미소를 지었다. 여자는 책값을 지불하기 위해 지갑을 열면서 다시 물었다.

"낙원이라니, 어디인가요?"

여자가 물어왔을 때, 중고서점 주인은 잠시 머뭇거렸다. 지난여름 내내 들춰보았던 낙원 화보집이었지만, 지명은 생각조차 해보지 않았다. 남태평양 그 어디쯤이려니 짐작했을 뿐이었다.

낙원 화보집 제목을 중고서점 주인이 읽을 수 없었던 건 당연한 일이었는지도 몰랐다. 선원이 중고서점에 가져온 낙원 화보집은 아직까지 꺄스왈라어를 사용하고 있는 일부 알프스산맥 지역 사람들을 위해 제작되었다. 까스왈라어는 이베리아살레어의 한 언어 집단으로 유럽 옛 왕국 중 하나인 까스왈라 왕국이 지배하고 있던 지역에서 사용하던 언어였다.

주인은 선원이 항해했다는 여러 항구들 중 다푸르라는 지명이 가장 아름답게 떠올랐다.

"낙원 다푸르 화보집이라더군요."

여자는 중고서점 주인이 알려준 대로 낙원 다푸르의 풍경을 보고 있다고 믿었다. 책값을 받은 주인은 마수걸이라며 아이에게 둥근 거울을 선물로 주었다.

\*

여자는 큰 침실 침대에 누운 채로 귀를 기울였다. 어디선가 밤의 새 울음소리 사이사이로 숨죽여 움직이는 소리가 들렸다. 그 소리는 가까이서 들리는 것 같기도 했고, 멀리서 들리는 것 같기도 했다. 여자는 손을 뻗어 침대 옆자리를 만져보았다. 남자는 화장실이라도 갔는지 땀으로 젖은 침대 시트만 손에 잡혔다. 여자는 다시 눈을 감았지만 잠들 수가 없었다.

늪으로 온 뒤 여자는 제대로 잠들 수가 없었다. 가려움증이 생긴 데다 잠들기가 겁이 날 정도로 자주 악몽을 꾸었다. 누군가가 속속들이 지켜보고 있다는 관리원의 말을 의식하지 않으려고 해도 순간순간 흠칫해지고 소름이 끼쳤다. 남자와의 대화에서도 언급하지 않을 정도로 늪이 아닌 그곳에서 모든 것을 관리하고 있다는 그들의 존재가 거대하고 두렵게만 느껴졌다.

잠들지 못하는 여자에게 남자는 마음을 달래줄 만한 말들을 자주 건네주었다.

"여보, 담요는 바람에 날려갔을 거야. 쿠키는 쥐나 밤의 새가 물어갔겠지."

남자의 어설픈 유머에도 여자는 바짝 곤두선 신경을 가라앉힐 수가 없었다. 남자의 말투는 유쾌했지만, 남자의 이마에서는 진땀이 흘렀기 때문이었다.

비행기 캐릭터 벽지에 둘러싸여 잠들던 아이도 가위에 눌렸다. 작은 침실에서 혼자 잠든 첫날에 비명을 질렀다. 맞은편 큰 침실에서 달려간 여자는 아이보다 더 겁을 집어먹고 팔다리를 헛놀렸다. 바닥을 울리며 뒤따라온 남자가 품에 안자 아이는 울먹거렸다.

"밤의 새가 무서워."

여자는 안도의 숨을 내쉬었다. 밤의 새는 희미한 악취를 풍기는 안개나 '위험 접근 금지' 경고 팻말보다 덜 위협적이었기 때문이었다. 뒤뜰이 내려다보이는 작은 침실은 밤의 새 둥지가 있는 아까시나무 숲과 가까웠다. 밤의 새는 안개가 짙은 날 더 기괴하게 울었다.

"고요한 밤에 시끄럽게 우는 걸 보면, 자신의 울음소리가 제법 괜찮다고 믿고 있나 보군."

남자는 밤의 새 울음소리를 흉내 내었다. 아이의 울먹거림이 잦아들자 남자가 작은 침실 창문 너머를 바라보았다.

"아니면 밤의 새도 어둠이 무서워서 우는 걸지도 모르겠네. 안개 짙은 아까시나무 숲에서 밤을 보내려면 새라도 무서울 수 있겠지. 그렇다면 밤의 새도 가엽긴 하구나."

남자는 잠들지 못하는 여자에게 마음을 달래줄 만한 말들을 건네준 것처럼 아이에게는 자장가를 불러주었다. 천둥번개가 치던 어린 시절에 스스로를 위해 불렀던 자장가였다. 아직도 기억하고 있는 부드러운 선율에 '천둥번개가 쳤다네'를 '밤의 새가 울었네'로 바꾸어 불렀다.

    낮의 꽃이 시들었네
    황금이 사라졌네
    밤의 새가 울었네
    궁전이 무너졌네
    어릿광대는 죽은 듯 자네

남자가 자장가를 부르다 잠들었던 것처럼 아이도 자장가를 들으며 잠이 들었다. 그러나 아이가 가위에만 눌리는 것이 아니었다.

한번은 아이가 뒤뜰에서 운전기사를 보았다고 했다. 정원용 테이블에서 오후의 차를 마시던 때였다. 여자는 잘못 들었다고 생각했고, 남자는 있을 수 없는 일이라고 생각했다. 남자가 다시 물어보았을 때 아이는 침을 모아 뱉는 흉내를 냈다.

"이렇게 가래를 뱉었던 아저씨!"

아이는 둥근 거울로 뒤뜰과 뒤뜰 너머 아까시나무 숲을 가리켰다. 아이의 둥근 거울이 운전기사의 동선을 말해주고 있었다.

"맙소사."

여자는 들고 있던 찻잔을 내려놓았다. 늪으로 오기 전 도시에서 아이가 가위에 눌린 적은 있어도 헛것을 본 적은 없었다. 그러나 남자는 아이가 또 다른 가위에 눌린다고 여겼다.

"아가, 다시는 그 아저씨가 널 택시에서 끌어낼 일은 없을 거다."

남자는 늪으로 오던 날 운전기사의 멱살을 잡았던 것처럼 두 주먹을 쥐었다.

"아빠가 무서워서 다시는 못 올 거다."

남자의 주먹 쥔 두 손이 힘없이 떨렸지만 아이는 잠자코 있었다. 밤의 새 울음소리에 놀랐을 때처럼 울먹거리거나 비명을 지르지 않았다.

운전기사를 보았다는 아이를 재우고, 여자는 남자와 침대에 나란히 누워 되물었다.

"담요는 바람에 날려갔고, 쿠키는 쥐나 밤의 새가 물어갔다고?"

잠들지 못하는 여자에게 남자가 진땀을 흘리며 했던 말이었다. 멋쩍어진 남자는 또다시 어설픈 유머로 때우려고 했다.

"이런, 이런, 기분을 맞춰드려야 할 숙녀가 또 둘씩이나 되는군. 바람도 쥐나 밤의 새도 심심하다 보면 엉뚱한 일을 벌이기도 하잖아."

남자는 그날 이후로 자장가에서 '밤의 새가 울었네'를 '네 바퀴가 굴러갔네'로 바꾸어 불렀다. 그리고 뒤뜰과 연결된 주방 출입문을 단단히 잠갔다.

여자도 잠들기 전 문과 창문이 잠긴 걸 여러 번 확인했다. 그런데도 벌레가 번진 집처럼 A-HN13호실 여기저기에서 숨죽인 소리가 들리는 것 같았다. 아이가 잠든 맞은편 작은 침실에서도, 뒤뜰 출입문이 있는 주방에서도, 빨랫줄에 널어놓은 담요와 테이블에 먹다 남긴 쿠키가 사라진 뒤뜰에서도. 심심한 바람이나 쥐나 밤의 새가 엉뚱한 일을 벌이기 위해 돌아다니는 소리라고 하기에는 다소 묵직했다.

여자는 큰 침실 침대에서 빠져나왔다. 뒤뜰에서 운전기사를 보았다는 아이의 말이 걸렸다. 스카프가 택시 차문에 걸리는 바람에 쓸린 자국이 목에 아직도 남아 있었다. 여자는 아이가 깨지 않도록 작은 침실 문을 조심스럽게 열었다.

어둠에 익숙해진 눈으로 작은 침실을 둘러보았다. 침대는 비어 있었다. 둥근 거울을 꼭 쥔 아이는 커튼 사이로 뒤뜰을 내려다보고 있었다. 밤의 새 울음소리에 놀라 비명을 지르고 울먹거리던 아이와는 너무도 다르게 느껴졌다. 여자가 들어온 줄도 모르고 뒤뜰을 내려다보는 아이의 뒷모습은 자신이 낳아 기르는 아이가 아닌 것만 같았다. 아이가 새삼 낯설게 느껴지면서 등줄기가 오싹해졌다.

여자는 아이의 등 뒤로 살그머니 다가가 아이가 보고 있는 것을 함께 보았다. 뒤뜰에서 거구의 남자가 거닐고 있었다. 무거운 걸음을 걷다가 이마의 땀을 훔치거나, 머리를 절레절레 흔들거나, 두 주먹을 하늘을 향해 겨냥했다.

\*

남자의 건강이 악화되자 관리원이 식료품과 의약품 상자를 들고 찾아왔다. 남자는 한낮에도 침실에 머무르는 시간이 길어졌다. 온몸에서 땀을 흘리며 오래 서 있기도 힘들어했다. 관리원이 남자 대신 상자를 옮기는 동안 여자는 찻물을 끓였다. 식료품 저장실에 마지막 상자를 옮긴 관리원은 가쁜 숨을 몰아쉬었다.

"밤에는 산책을 삼가주시기 바랍니다. 노란 도둑고양이가 돌아다니고 있습니다. 도둑고양이치고는 꽤 크고, 지능적이랍니다. 혹 거주자 분들께서도 보신 적이 있으실까요? 주변에서 의심스러운 일이 벌어졌다거나요?"

여자는 관리원의 말이 새삼스러웠다. 늪으로 오는 과정부터 지금까지 A-HN13호 거주자들이 겪었던 일들은 대개 이해할 수 없고 의심스러웠다.

"늪에서 우리가 아직 겪지 않은 의심스러운 일들이라도 있을까요?"

"갑자기 사라진 물건이나 음식물이 있다면 말씀해주십시오. 만약 그렇다면 분명 노란 도둑고양이 짓이 틀림없을 겁니다."

여자는 뒤뜰에서 담요와 쿠키가 사라졌다는 말을 하지 않았다. 관리원이 뒤뜰까지 뒤적거리고 돌아다니는 걸 원하지 않았다. 또 아이가 뒤뜰에서 운전기사를 보았다는 말도 하지 않았다. 여자와 남자도 아이의 말을 믿지 못했지만, 관리원까지 아이를 이상한 눈으로 보게 할 수는 없었다.

관리원은 여자가 아무런 대꾸를 하지 않는데도 거듭 도둑고양이에 대해 늘어놓았다.

"글쎄, 경고 팻말을 무시하고 제멋대로 몰래 돌아다니고 있지 뭡니까. 아무리 지능적이라고 해도 살아서는 절대 늪을 떠날 수 없을 겁니다. 다시 당부드립니다. 다른 호에는 특별히 산책을 즐기는 분들이 없잖습니까. 잊지 마세요. 도둑고양이치고는 꽤 크고, 지능적이란 걸요."

여자는 거짓말을 늘어놓는 관리원이 뻔뻔스럽게 느껴져 견딜 수가 없었다. 관리원은 마치 늪에 다른 사람들이 살고 있는 것처럼 말하고 있었다.

"원래 살던 사람들은 다 어디로 갔죠? A-HN13은 열세 번째 가구라는 건가요?"

"A-HN13은 분류기호의 일종이지요, 부인."

여자의 옷자락을 붙잡고 서 있던 아이가 고개를 빼들었다.

"분류기호가 뭐야?"

관리원은 몸을 낮추고, 아이에게 미소를 지어 보였다. 아이는 관리원의 개눈을 피해 여자 뒤로 숨었다. 관리원은 아이가 자신을 볼 때마다 한쪽 눈을 빼앗긴 불쌍한 개를 상상한다는 걸 몰랐다.

"너는 분류기호에 대해서 몰라도 된다. 아빠와 엄마가 원한다면 언제까지나 머무를 수 있는 집이란 것만 알면 충분하단다. 어떤 삶은 주변에서 일어나는 일들에 대해 잘 알게 된다 해도 달라지는 게 그리 많지 않단다."

관리원은 자신이 내뱉은 말에 대한 여자의 반응을 살피고자 쳐다보았다. 여자는 입술을 앙다물고 가만가만 아이의 어깨를 도닥였다.

관리원은 아이를 다시 살펴보았다.

"아이가 유치원을 다닐 나이네요. 부인도 아시겠지만 각 호실의 구성원이 가족 단위인 경우는 드물죠. 특히 어린이는. 그러다 보니 교육 시설이 없답니다."

관리원은 근심 어린 표정을 지었다.

"아이는 자라날 텐데 지극히 정상적이란 점이 문제네요. 지극히 정상적이다 보면 늪을 나가길 원할 수도 있을 테니까요. 예전에도……."

여자는 관리원의 말을 자르며 차를 권했다.

"지난번 가져다주신 찻잎의 향이 좋던데 차 한 잔 드시고 가세요."

여자가 주방으로 들어가자 아이가 뒤따라왔다. 찻물을 우려낸 여자는 입술을 그러모아 찻잔에 침을 뱉었다. 덩어리진 침 덩어리가 맑은 차에 떴다. 여자는 찻잔을 스푼으로 휘저으며 주방 간이의자에 앉아 있는 아이에게 나직이 말했다.

"저 늙은이는 쥐새끼야. 꽃 한 송이 없는 썩은 땅의 쥐새끼."

여자는 무표정한 얼굴로 차를 내왔다. 관리원이 향을 음미하는 모습을 지켜보면서 여자가 팔뚝을 긁었다. 딱지로 우툴두툴해진 팔뚝에서

핏물 섞인 진물이 흘렀다.

*

　창문 너머 잔디가 유난히 푸른 날이었다. 남자는 오랜만에 면도를 하고 아이에게 산책을 가자고 손을 내밀었다. 침실에 머무르는 시간이 많아졌지만, 기운을 내서 아이와 시간을 보내고 싶었다. 현관문을 나서자 밤사이 안개에 젖었던 푸른 잔디가 햇살에 반질거렸다. 늪에 도착한 다음 날 너무 황홀해 잠시 현기증을 일으켰던 목가적인 풍경 그대로였다. 희미한 악취에 주로 A-HN13호실에 지내던 아이는 남자를 따라 조심스럽게 발을 내딛었다.
　아이는 '위험 접근 금지' 경고 팻말 너머에서 꽃무리를 발견했다. 처음으로 멀리까지 나온 아이는 작은 꽃무리에서 눈을 떼지 못했다. 겁이 났는지 다가가지 못하고, 둥근 거울로 팝콘만 한 꽃을 비추었다. 남자는 아이의 관심을 다른 곳으로 돌려보려 애썼다. 늪에 도착한 다음 날 관리원이 했던 말을 소홀히 여기면 안 될 것 같았다. '위험 접근 금지' 경고 팻말이 산책을 방해할지도 모른다고 말하던 관리원의 표정이 진지했다.
　"예쁜 꽃이구나. 다른 곳에도 피어 있는지 찾아볼까?"
　아이는 머리를 저었다.
　"꽃은 없다고 엄마가 그랬어. 안개 때문이라고."
　"여기 꽃이 있으니 어딘가에도 피어 있을 게다. 다른 곳으로 가보자

꾸나."

"엄마는 내 말을 믿지 않을 거야."

아이는 포기하지 않고, 손을 뻗어 꽃을 꺾고 싶어 했다. 남자는 아이를 뒤에서 기다리게 하고, 팝콘만 한 꽃을 꺾다가 뒷걸음질 쳤다. '위험 접근 금지' 경고 팻말 너머 꽃무리 사이로 노란색 패딩 잠바가 보였다. 정신을 차리고 가까이 다가가 보니 노란색 패딩 잠바를 입은 사람이 쓰러져 있었다. 쓰러진 사람의 얼굴이 바닥을 향하고 있어서 누구인지 알 수 없었다.

남자는 꽃무리 사이에 쓰러진 사람의 패딩 잠바를 다시 보았다.

'해골의 눈과 마주친 자마다 살아서 돌아가지 못하리라!'

아까시나무 숲을 저주하며 가래를 뱉고 떠났던 택시 운전기사가 떠올랐다. 그날 이후로 마주친 적은 없었지만, 늪으로 오던 날에 운전기사가 입었던 패딩 잠바가 노란색이라 눈에 띄었다. 관리원이 말했던 도둑고양이치고 꽤 크고, 지능적인 노란 도둑고양이는 운전기사일지도 모른다는 생각이 들었다. 공포에 사로잡힌 남자는 아이를 안고 A-HN13호실로 달렸다.

숨이 턱까지 차오른 남자는 A-HN13호실 앞 느티나무 그루터기에 걸터앉았다. 얼핏 보았을 뿐인데도 운전기사가 쓰러진 채 방치된 지 꽤 오랜 시간이 지난 것 같았다. 이때까지 아이가 가위에 눌린 나머지 헛것까지 보게 되었다고 여기고 있었다. 아이가 보았다는 운전기사가 헛것이 아니라 다행이었지만 왜 운전기사가 경고 팻말 너머에 쓰러져 있는지 의아하기만 했다. 앞으로 운전기사가 가래를 뱉거나 욕설을 할 수 없다는 것만은 확실했다.

자신이 무엇을 보았는지조차 모르는 아이는 둥근 거울로 남자의 발과 부푼 배 그리고 부은 얼굴을 비추었다. 남자는 눈이 부셔서 한 손으로는 얼굴을 가리고, 다른 한 손으로는 둥근 거울을 향해 내저었다.

"이러다 눈까지 멀겠구나."

아이는 둥근 거울을 빼앗기지 않으려고 등 뒤로 감췄다. 흥분한 아이는 여자가 내뱉었던 말을 따라했다.

"엄마가 관리원 할아버지는 늙은 쥐새끼라고 했어!"

남자는 화를 내는 대신 아이를 끌어당겨 무릎 위에 앉혔다.

"사람들은 대개 미워할 수 있는 사람을 미워한단다."

남자의 다정한 말투에도 아이는 몸에 잔뜩 힘을 주고 있었다.

"고양이 발톱 밑에 깔린 쥐는 누구를 미워할까? 고양이를 증오하고 저주하겠지. 하지만 쥐를 잡기 위해 고양이를 들여보낸 사람에 대해선 생각하지 못하는 거야. 쥐가 사람까지 미워해야 한다면, 그건 너무 힘들거든."

남자는 관리원이 손가락으로 가리켰던 하늘을 올려다보았다. 일종의 분류기호라는 'A-HN13'처럼 그들이 누구인지, 늪으로 와서 얼마나 많은 시간이 흘렀는지 가늠이 되지 않았다. 안개는 소리 없이 침투하는 바이러스처럼 슬그머니 늪을 휘감았다가 홀연 걷히고는 했다. 그러나 두려운 나머지 그들을 미워할 수조차 없는 남자는 늘 안개에 젖어 있는 것만 같았다.

✱

아이와 산책을 다녀온 남자는 여자에게 팝콘만 한 꽃을 내밀었다. 노란 도둑고양이의 최후에 대해서는 끝까지 입을 다물 생각이었다.

"이 꽃만 보아도 썩은 땅은 아니잖아."

등을 굽히고 앉은 여자가 고개를 천천히 들었다. 푸석한 얼굴로 여자를 달래려 애쓰는 남자를 가엽게 바라보았다.

"거울을 봐봐. 당신은 물속에서 썩어가는 물고기처럼 부풀었어."

남자는 부풀어 오른 자신의 배를 어루만졌다.

"늪의 기후가 맞지 않아서일 거야. 너무 습하잖아. 적응이 되면 괜찮아지겠지. 나는 그런대로 만족해. 마을 모양도 얼추 갖추었고, 난방 장치도 잘 작동되고, 나쁘지만은 않다고."

"관리원이 풍기는 악취가 이제 아이에게서도 나."

여자는 더 이상 감당할 수 없다는 투로 폭 넓은 치맛자락에 얼굴을 묻었다. 아이는 산책을 다녀온 후 바로 잠이 들어 희미한 악취를 씻어내지 못했다.

"회색 하늘이 낮게 내려앉은 공항 활주로를 떠올려봐."

여자는 비명에 가까운 신음소리를 냈다. 여자의 신음소리가 뜻하는 바를 남자는 알 수 있었다. 검지로 자신의 머리를 톡톡 쳤다.

"상상력을 발휘할 순 있잖아. 어릴 적 비행 조종사를 꿈꿀 때 눈을 감고 공항 활주로를 상상했거든. 상상하는 것만으로도 마치 곧 비행할 것처럼 들뜨고는 했지."

너털웃음을 웃고 나서 남자는 다시 공상에 집중했다.

"공항 활주로에 비를 맞고 서 있는 비행기가 있어. 이륙 직전에 결함이 발견되었거든. 사소한 결함이었지. 그래도 결함은 결함이니까. 다른 비행기들은 다 이륙했지만 홀로 활주로에 남게 된 거야. 첫 비행을 앞둔 비행기는 몹시 당황스러웠지. 자신도 비행기라면 당연히 해야 할 일을 하게 될 거라 기대하고 있었거든. 하늘을 나는 거라든지."

여자는 남자를 바라보던 두 눈을 감았다. 감은 눈꺼풀이 가늘게 떨렸다.

"비행기니까. 비행기는 날아야 하니까. 그런데 그 비행기는 외톨이로 활주로에 남아 있는 모습을 누구에게도 들키고 싶지 않아. 당연하잖아. 그런 모습이 그리 자랑스러운 건 아니니까. 하지만 그 비행기는 넓은 활주로 어디에도 자신을 숨길 수 있는 공간을 찾아낼 수 없어. 그리고 곤혹스러운 시간이 흘러가는 거지."

남자는 양손을 최대한 크게 벌려 보았다. 그 순간 남자는 자신의 꿈이 비행 조종사가 아니라 자신의 몸으로 하늘을 가르는 비행기였는지도 모른다는 생각이 들었다.

"그 큰 덩치를 하고서."

양손을 호기롭게 벌리던 남자는 그날 밤 화장실에서 같은 자세로 쓰러진 채 발견되었다. 남자가 쓰러질 걸 예상했던 것처럼 관리원이 나타났다.

관리원은 정기 건강검진 때처럼 여자에게 수면제를 제공했다. 낮에 놀란 아이는 이미 깊은 잠에 빠져들어 따로 수면제를 제공하지 않았다.

다음 날 여자가 수면 상태에서 깨어나 A-HN13호실 곳곳을 뒤져보았지만, 남자는 이미 관리원과 함께 사라지고 없었다.

*

느티나무 그루터기에 걸린 자전거 뒷바퀴가 공중에서 헛돌고 있었다. 잔디 위에는 휴양객이 미처 챙기지 못한 낡은 깔개처럼 관리원이 너부러져 있었다. 관리원의 감색 모자 또한 주인을 잃고 구겨져 있었다. 그러나 여자는 아무런 행동도 하지 않았다. 해가 저물어 가고 있었다. 늪의 저녁은 너무 일찍 어두워졌고, 너무도 스산했다. 스르르, A-HN13호실에는 화보집 넘기는 소리만이 울렸다. 낙원 다푸르 화보집을 넘기던 여자의 손이 수시로 팔뚝을 긁고 있었다.

아이는 둥근 거울을 여자에게 비추었다.

"거울을 내려놔. 엄마를 불안하게 만들지 말고."

여자의 하소연에도 불구하고 아이는 둥근 거울을 여자에게 계속 비추었다. 여자는 둥근 거울 속 그 초췌한 몰골을 도저히 자신이라고 믿을 수가 없었다.

"거울을 내려놓으라고!"

여자는 아이에게서 둥근 거울을 빼앗아 거실 바닥에 힘껏 내던졌다.

"엄마도 쥐새끼야! 쥐새끼!"

"그 입 다물어! 다물라고!"

여자는 소리를 질렀고, 여자의 신경질적인 고함 소리에도 그 입을 다물지 않는 아이를 낙원 다푸르 화보집으로 내리쳤다.

아이는 겁에 질린 나머지 도저히 입을 다물 수 없어 더 크게 소리 질렀다.

"쥐새끼들이 우리를 내려다보고 있었어!"

남자가 사라진 날 깊은 잠에 빠졌던 아이는 수면제를 먹지 않았다. 잠결에 자신이 보았던 것들을 이제야 기억해내는 것 같았다.

"늪의 쥐새끼들이 아빠를 데려갔다고!"

아이의 입에서 나올 진실이 두려웠던 여자는 이성을 잃고 연달아 아이의 허벅지를 내리쳤다. 아이의 허벅지를 내리칠수록 이상하게도 아이의 코와 입술이 으깨지고, 피가 흘렀다. 여자의 늪에 대한 바람을 담은 낙원 다푸르 화보집이 아이의 코와 입술을 으깨었다.

억눌렀던 불안이 불꽃처럼 터지는 순간에 A-HN13호실의 초인종이 울렸다. 초인종이 울리자 여자는 정신을 차렸다. 여자는 아이의 깨진 코와 터진 입술을 발견했다. 피가 흐르는 입술은 구두 굽에 밟혀 으깨어진 붉은 자두 같았다. 다시 초인종이 울렸다. 관리원은 아니었다. 관리원은 다시 찾아올 수가 없었다. 관리원이 아닌 방문객도 이제까지 없었다. 여자와 아이의 눈빛이 고양이에게 쫓겨 구석에 몰린 쥐처럼 번들거렸다. 누군가가 잠기지 않은 현관문 손잡이를 돌렸다. 여자와 아이는 숨을 삼켰다.

뜻밖에도 애타게 기다렸던 남자였다. 희미한 악취를 풍기며 성큼성큼 들어온 남자는 기이한 광경에 우뚝 멈춰 섰다. 남자는 거실 바닥에서 둥근 거울을 주워들고 찬찬히 아이의 코와 입에서 흐르는 피와 여자의 손에 들린 낙원 다푸르 화보집을 보았다.

갑자기 돌아온 남자에게 아무도 말을 걸지 않았다. 남자는 무슨 말부터 해야 할지 알 수 없었다. 깨진 둥근 거울을 들어 보이며 남자가 말문을 열려고 했다. 여자는 잔뜩 경계하면서 눈을 치켜떴다. 남자가 입이라도 벙긋하면 가만있지 않겠다는 투였다.

"아가."

남자가 부르자 그제야 긴장이 풀어졌는지 아이는 바들바들 떨기 시작했다. 남자는 눈시울을 붉히며 밤마다 놀란 아이를 달래주던 자장가를 불렀다.

낮의 꽃이 시들었네
황금이 사라졌네
둥근 거울이 반짝였네
궁전이 무너졌네
어릿광대는 죽은 듯 자네

남자는 '네 바퀴가 굴러갔네'를 '둥근 거울이 반짝였네'로 바꾸어 불렀다. 애써 웃는 남자의 얼굴이 일그러져 우는 것처럼 보였다.

아이는 남자를 부르며 달려가다 휘청거렸다. 둥근 거울에 반사된 전등 불빛이 아이의 눈동자를 베었다. 거실 바닥에 넘어진 아이의 멜빵바지 주머니에서 수첩이 삐죽 빠져나왔다. 남자가 익히 보아왔던 관리원의 수첩이었다. 늪이 아닌 다른 그곳에서 모든 것을 관리하고 있다는 그들. 남자는 속속들이 지켜보고 있다는 그들을 향해 수첩을 들어 보였다.

열린 현관문으로 안개가 스며들어 왔다.

*

도시의 가로등 위로 어둠이 내렸다. 가로등에는 뜯겨지고 남은 종이의 한쪽 귀퉁이가 희붐한 불빛을 받고 있었다. 안내문을 쥔 누군가가 아까시나무 숲으로 걸어 들어갔다. 안개는 자욱했고, 밤의 새가 낯선 이를 주시했다. 늪으로 가는 밤이었다.

작품 해설

# 정동의 관계론 혹은 감응의 사회학

임정연

## 1. 유동하는 감정들의 정동적 전회

김동숙의 소설은 존재의 모서리와 가장자리에 웅크린 마음들을 주목한다. 모호하고 수상한, 그래서 자칫 '아무것도 아닌 것'으로 취급받기 쉬운 감정의 옹이들을 찾아내 그 응달진 세계를 자신의 문학 공간으로 점유한다. 그렇게 김동숙의 이야기들은 일렁이다 흘러가고, 스며들어 물들이는 마음의 행로를 따라 고요하게 만개한다.

두 번째 소설집 『고요의 코끼리』에 실린 일곱 개의 이야기에도 환대, 적의, 모욕, 수치심, 슬픔, 상실감, 불안, 공포, 고독과 같은 친숙한 감정들이 관계의 변화와 이행을 따라 매 순간 낯선 표정을 지으며 위태롭게 출렁거리고 있다. 그러면서도 삶의 매 국면에서 발생하는 감정을 예리하고 심원하게 묘파해내는 김동숙의 단단함과 정갈함은 여전하다.

김동숙 소설의 변칙적이고 다면적인 감정 작용을 '정동(Affect)'의 관점에서 포착해보고 싶어진 것은 순전히 이런 이유에서다. 거칠게 표현하자면, 감정이 단일하고 통합된 정서를 일컫는 반면, 감정의 역동성, 수행성, 관계성에 정초한 스피노자-들뢰즈적 개념으로서의 정동은 하나의 감정 안에 존재하는 상이한 정서들의 집합이자 외부의 자극을 감지해 촉발되는 정서적 반응 상태를 의미한다. 나아가 이것은 한 개체의 심리적 범주를 넘어 주체와 대상 혹은 이를 둘러싼 모든 요소들, 즉 이질적인 것과의 마주침에 호응해 변화되는 '감응'의 능력이라고 할 수 있다.

김동숙은 존재의 마주침이 야기하는 감정 작용과 이들의 불협화음을 정동의 형식으로 조직해내는 데 능숙하다. 작가의 이런 특기가 여지없이 발휘되고 있는 『고요의 코끼리』에서 감정은 하나의 실체로 고정된 명사로 수렴되지 않는다. 감정은 생성·변형·유동하는 동사로, 타자와 관계 맺게 하고 다른 차원의 사유로 옮겨가게 하는 정동적 전회를 통해 역동적이고도 실제적인 힘으로 수행된다.

## 2. '어긋남'의 존재들과 '환대'의 조건

정동의 지평에서 「가장 최근에 만난 사람」, 「불편한 쪽으로 앉으세요」, 「낙원 다푸르로 가는 밤」은 '환대'의 조건과 의미를 탐문하는 소설들로 읽을 수 있다. 소설집 맨 앞자리에 놓인 「가장 최근에 만난 사람」은 5년 전 대안학교 수학 교사와 학생으로 인연을 맺은 '여자'와 '곰' '수봉'의 어긋나고 비켜가는 감정들을 중심으로 전개된다. 여자가 "일상의 여유를 희생"하고 "주차 공간도 없는 대안학교로 가기 위해 비가 오거나 눈이 오거나 대중교통을 이용해야 하는 불편을 감수"(19쪽)할 수 있었던 이유는 그것이 "인간을 고결하게 하는 순수한 행위"라고 "스스로 의미를 부여"(23쪽)했기 때문이었다. 그러나 이런 믿음과 자부심은 장마철 빗물에 망가진 구두, 주차를 할 수 없어 추위에 떨며 기다리던 버스, 낡은 건물 계단을 올라갈 때의 불편함같이 지극히 일상적이고 사소한 계기들로 조금씩 붕괴되어간다. 학교를 그만둔 후 "대가를 바라지 않는 헌신"(19쪽)은 딸에게로 옮겨가지만 이를 당연시하는 사춘기 딸에게서 공허와 결핍을 느끼고 있던 차, 여자에게는 이를 해소할 기회가 생긴다. 자신을 찾아온 곰에게 옷 선물을 하는 호의를 베풀기로 한 것이다. 그러나 몸에 꽉 끼는 옷을 입고 탈의실 앞에 서 있는 몸무게 100kg에 육박한 곰의 모습은 받은 자의 감사도 베푼 자의 만족도 불가능하게 했다. 자신의 호의에 응당 뒤따르리라 기대되었던 보상이 주어지지 않은 것이다.

그 순간 '좋은 의도'와 '순수한 행위'라는 알리바이로 포장되었던 친절과 호의가 실은 "자신을 좀 더 나은 사람으로 느"(24쪽)끼고 싶었던 여자의 욕망과 결핍에서 비롯된 시혜 의식에 불과했음이 드러난다. 부지불식 중에 여자는 곰을 향한 '고결한 표정'을 거두어들이는 시선의 폭력을 행사함으로써 사회의 이상적 구성원으로서 곰의 자격을 심문한다. 여자의 기대를 충족시키지 못했다는 데서 오는 곰의 자괴감은 스스로를 향하는 칼끝이 되어 자신의 몸을 '수치스러운 몸'으로 인식하게 했을 것이다. 그렇게 '지난번' 곰에게 준 모욕을 의식하지 못한 여자는 '이번'에 다이어트를 하고 나타난 곰의 '평범'하고 '정상'적인 몸이 수치심과 모욕감을 딛고 만들어진 인정 욕구의 산물이란 사실 역시 알아차리지 못한다.

호의를 받을 자격을 갖추지 못했던 곰의 몸이나 자신의 선의를 훼손시킨 곰 엄마의 교양 없는 대응에 여자는 도리어 모욕감을 느낀다. 여자의 모욕감이란 자신의 행위에 값하는 합당한 대가를 받지 못한 데서 비롯되는 결핍의 감정일 터, 곰과 수봉, 딸을 대상으로 한 자신의 헌신을 "대가를 바라지 않는" "고결하고 황홀"한 행위로 의미화하려는 여자의 시도가 매번 실패할 수밖에 없는 이유이기도 하다.

여자의 입에서 끝내 발화된 적 없는 곰의 진짜 이름과 여자에게 끝까지 각인되지 않는 수봉의 존재는 여자가 자신이 받은 모욕의 대가로 이들에 대한 환대를 철회하고 적대를 정당화하고 있음을 반증한다. 친절과 호의를 베풀 만한 대상에게만, 고결한 의도가 훼손되지 않는 선에서만 허용되는 '조건부' 환대라니, 그래서 데리다는 타인을 향한 '무조건적'이고 '절대적'인 환대가 허상에 불과하다고 했던가.

타인에 대한 우리의 환대가 얼마나 '조건적'인가는 「불편한 쪽으로 앉으세요」에서도 확인된다. 요가 수업 중인 30대 후반의 '나'는 사촌으로부터 동갑내기 고종사촌 '기태'가 죽었다는 문자를 받는다. 그러나 나는 "피붙이라는 점 말고는 딱히 사촌간의 정도 교류도 없"(124쪽)는 기태의 갑작스러운 죽음 때문에 굳이 "불쾌한 기분에 사로잡히고 싶지 않"(130쪽)은 데다 그보다는 부고를 받고도 "천연덕스럽게 앉아 있다는 걸 다른 수강생들이 알게 된다면 어떻게 생각을 할까"(130쪽)를 더 염려한다. 그러니까 이 소설은 기태의 죽음과 관련된 정보를 의도적으로 삭제한 채 기태의 죽음으로 인해 촉발되는 화자의 '불편한' 감정 상태를 사건화하는 데 집중하고 있는 것이다.

그렇다면 기태는 화자에게 어떤 존재였던가. 가정 폭력으로 친정에 피신 온 고모와 그녀의 아들 기태는 할머니와 함께 살던 화자의 가족에겐 반갑지 않은 객식구였다. 게다가 거칠고 피해의식에 가득 차 있는 기태는 어린 화자의 눈에 "안쓰럽기는커녕 눈앞에서 사라져주"(128쪽)었으면 하는, "원하지 않는데도 자꾸 꼬이는 벌레"(129쪽) 같은 대상이었다.

언표화되어 있지는 않지만 기태에 대한 화자의 불쾌감과 적의는 마땅히 장착했어야 할 수혜자의 얼굴을 하고 있지 않았던 기태의 태도와 관련이 있다. 제대로 보살핌을 받지 못한 주제에 '벌레 같은 놈'이란 욕에 발끈해 화자를 다치게 한 기태의 행위는 수혜자답지 못한 것이다. 그리고 이 수혜자답지 못함이 기태를 친절과 호의를 받을 만한 자격이 없는 존재로, 연민이나 동정을 품지 않아도 되는 대상으로 낙인찍는 정당한 근거로 작용해왔던 것이다. 대상의 자격을 선별하는 조건부 환대란 얼마나 알량하고 하찮은 것인가. 박제된 기억과 습관화된 생각이란 또 얼마나 게으르고 위험한 것인가.

다시 화자의 현재로 돌아와보자. 미혼의 시나리오 작가인 화자는 결혼 적령기를 넘겼다는 이유로 가족과 친족 집단의 구성원으로서 '정상적'인 자격을 인정받지 못하고 집안 대소사에서 '깍두기 취급'을 받고 있다. 사실 이런 화자의 처지는 어린 시절 기태의 그것과 다를 바가 없다. 반지하 방에서의 불규칙한 식사와 불충분한 수입, 불안한 일상이 초래한 몸의 불균형. 문제는 이런 몸의 불균형이 자기 관리를 못 한 증거로 해석되어 요가 강사의 무례함과 수강생들의 비웃음을 감수해야 하는 이유가 되고 있다는 것이다. 보편적인 방식대로 살지 않는다는 게 열등하게 치부되고 그에 따른 굴욕이 당연하게 여겨지는 상황인 것이다.

그렇다면 화자가 기태에게 행했던 모욕은 마땅한 것이었던가. 애초에 그에게서 존중과 환대의 기회조차 박탈해버린 건 아니었을까. 불균형을 교정하기 위해 불편한 쪽으로 무게중심을 옮겨야 하는 골반 교정 자세처럼 불편한 관계들을 향해 고개를 돌려야 타인들과 삶의 균형을 이루며 살 수 있는 법이다. 이런 의미에서 요가 수업을 받던 화자가 어렴풋이나마 '사고뭉치 반항아' 기태가 어쩌면 '따뜻한 정이 고픈 어린 소년'이었을지 모른다는 생각에 이르는 소설의 마지막 장면은 외부의 자극이 야기하는 이질적인 정서 반응이 신체와 공명하는 감응의 순간을 포착한 것이라 볼 수 있다. 자아와 타자가 얽히고, 신체와 신체가 마주치는 사건이 발생하는 이 정동의 순간은 타인을 향한 환대라는 정서적 역량이 확장되는 순간이기도 하다.

환대가 한 사회에 속할 자격과 권리 즉 성원권을 인정받는 일과 다르지 않다면, 성원권을 빼앗기고 추방된 이들은 어디로 가는가. 「낙원 다푸르로 가는 밤」은 사회적 성원권을 박탈당한 이들이 직면하는 불안과 공포의 정동을 다루는 소설이라 할 수 있다. 깊은 밤 안개에 가려져 악취를 풍기는 '늪'으로 한 가족이 찾아든다. 초점을 제대로 맞추지 못하는 사시 눈의 거구 남자, 다른 사람의 눈을 쳐다보지 못할 만큼 부끄러움을 타는 여자, 그리고 그들의 어린 딸은 모든 재산을 정리하고 자발적으로 늪에 들어와 A-HN13호실의 거주자가 된다.

아까시나무 숲에 둘러싸인 늪은 "비밀리에 이루어진 실험으로 죽음의 땅이 되었다는 풍문"과 "무연고자들이 생체 실험을 위해 늪으로 실려 간다는 소문", "발을 들여놓는 순간 비명횡사를 면치 못한다는 금기"(161쪽) 등 확인되지 않은 괴담에 둘러싸인 그로테스크한 공간이다. 그러나 남자와 여자에겐 거주할 조건과 자격을 묻지 않고 안전과 편의를 제공해주는 이곳이 아니라, 타인과 동등하게 눈을 맞추지 못해 상호 의례와 교환의 장에서 배제되었던 "도시야말로 늪"(174쪽)일 수밖에 없다.

그런데 이 새로운 거주지는 사실상 '통화 불능'과 '접근 금지'로 외부와의 접촉이 차단되고, 일거수일투족이 관찰, 관리되고 감시, 통제되는 곳이다. "생각을 하지 마세요. 늪에서는 생각만큼 위험한 게 없습니다."(177쪽)라는 관리원의 경고는 이곳의 공포가 사고를 멈춘 자리에서 싹터 미지와 무지를 자양분 삼고 무의식적이고 무의지적으로 작동함을 암시한다. 밤마다 집 근처를 배회하는 택시 기사와 노란 도둑고양이, 사라진 담요와 쿠키, 피 흘리고 쓰러진 인공 눈알의 관리원, 금요일의 정기 건강검진과 팔에 남은 주삿바늘 자국과 같이 공포는 정체와 유래를 알 수 없는 불특정 상황에서 수시로 출몰한다. 알 수 없는 경로를 통해 집 안에 파고든 '안개'와 갑자기 쓰러져 어딘가로 실려 갔다 돌아온 남편이 풍기는 '악취', 그리고 몸으로 발현된 '가려움'과 '부기' 같은 신체화 증상은 상시적인 오염과 위험에 노출되어 있는 이들의 실존적 상황을 섬뜩하게 경고한다.

그러므로 여자가 부적처럼 지니는 화보집 속 '낙원'으로서의 '다푸르'는 어디에도 존재하지 않는다. 푸른 바다와 초원이 펼쳐진 남태평양에 실재하는 섬 다푸르의 실체는 분쟁과 폭력과 살육으로 얼룩져 있고 가뭄과 사막화로 "버림받은 척박한 땅"(161쪽)일 뿐. 한 사회에서 환대받지 못해 끝내 생존 회로에서 이탈해버린 자들에게 '낙원'이란 어긋나고 텅 빈 기호에 불과하며, 영원히 닿을 수 없는 부정과 결여의 장소, 아토포스(Atopos)일 수밖에 없는 것이다.

## 3. '바라봄'과 '마주침'의 정동 공동체

이제 '바라봄'과 '마주침'을 통해 작동하는 정동의 상호성이라는 사건을 다룬 네 개의 이야기를 읽어보기로 한다. 이 소설집에서 가장 해학적인 작품이라 할 수 있을 「짠바람이 불고 있다」는 정동이 한 개체와 다른 개체의 부딪침으로 생성되는 역동적 과정임을 확인해가는 생생한 재미가 있다. 비릿한 '짠바람'이 부는 항구를 배경으로 성공 신화를 일구어낸 성기수산의 외아들이자 항구 최고의 사나이 최성기, 왕년에 젖가슴 하나로 남자들을 유혹하며 이름을 날린 '항구 끈 팬티' 정화, 그리고 '자유로운 영혼의 히피'인 해피 형은 저마다의 인생에서 '거대한 고래'와 같은 꿈을 좇는다. 그러나 현실은 이렇다. 도시에서 온갖 잡일을 하다 카드빚에 쫓겨 3년 만에 칠 개월짜리 아들을 데리고 빈손으로 돌아온 홀아비, 원양어선 타고 나가 깜깜무소식인 남편을 기다리며 홀로 아들을 키우는 처량한 유부녀, 부모 가게에 빌붙어 배달 일을 하며 투자 사기나 치고 있는 한심한 가장. 다시 말해 이들의 신세는 "드넓은 바다에서 길을 잃고 항구를 헤매는 고래에 불과"(99쪽)할 뿐이다. 고무적인 것은 그럼에도 불구하고 세 사람이 여전히 "짠바람 너머 그 어딘가에 세상에서 가장 거대한 고래가 헤엄치고 있"(95쪽)다는 희망을 버리지 않고 있다는 점이다.

길항하는 희망과 절망, 이상과 현실 사이에서 서로를 한심해하다가도 애틋해져 서로의 '짠 내' 나는 삶에 연루되고야 마는 인물들의 얽힘과 설킴, 이 소설의 서사적 활력은 바로 이런 역동적인 관계성에서 비롯된다고 봐야 할 것이다. 이런 관계란 가공되거나 포장되지 않은 날것 그대로의 정직하고 투명한 감정들이 합작해 서로의 삶을 오랫동안 순환하고 횡단하면서 돌보고 가꾼 결실일 수밖에 없기 때문이다.

슬픔과 상실의 감정이라고 해서 다를 건 없다. 「노란색 삼선 슬리퍼」는 상실의 슬픔이 사회적 관계망 속에서 상호 마주침에 의해 다른 감정으로 분화되고 생성, 변형되는 정동적 전환의 순간을 포착해간다. 소설 속에 명시되어 있지 않아도 '벚꽃잎'이 흩날리는 계절, '침몰한 배'에 타고 있던 '별이 된 아이들', 그대로 보존된 '학교 교실'이란 단어들의 병치가 세월호 참사라는 하나의 사건으로 수렴된다는 사실을 모를 리 없다.

끝내 돌아오지 못한 딸의 열아홉 번째 생일상을 차리는 어느 부모의 하루를 다룬 이 소설에서 슬픔과 상실감은 낡은 도마에 밴 김칫국물에, 냉장고에서 썩어가는 야채와 먼지 쌓이고 곰팡이 핀 집 한구석에, 그리고 현관 바닥에 뒹구는 슬리퍼와 주인 없는 김치찜에 침전되고 응결되어 있다. 딸의 귀환을 염원하는 부부의 삭발과 삼보일배에 '보상' 운운하는 잔인한 눈길들과 "다행히 밥은 먹고 지내는"(81쪽) 부모를 고개 숙이게 하는 무심한 가해의 말들과, 딸의 목숨값으로 받은 보상금을 노리는 이기적인 생존 논리 앞에서 상실은 "애써 견디"(64쪽)는 자의 몫으로만 남아 있는 듯 보이기도 한다. 부정, 자책, 죄책감, 미안함, 분노 등으로 형태를 바꾸어가면서 지속되는 상실감은 딸을 향한 애도가 쉽사리 종결되지 않을 것임을 예고한다.

그러나 정작 이 소설의 관심은 익숙한 애도 불능의 서사를 반복 재생하는 데 있는 것 같지 않다. 자괴감과 외롭게 싸우면서 "무심한 칼질을 받아내며 베어지고 갈라지고 있었"(82쪽)을 남편, 소라의 생일 상차림에 쓰일 돼지고깃값을 받지 않는 정육점 주인, 혼자 살아남은 것이 미안하고 부끄러워 여자를 보고 도망친 소라 친구 아연. 스스로를 고립시켰던 여자가 자신의 밀폐된 시간 너머 저마다의 방식으로 무너지고 쌓이던 마음들을 감지하게 되는 이런 사소한 순간이야말로 이 이야기의 정서적 파동이 증폭되는 순간이라 할 수 있기 때문이다.

소설은 애도가 결코 슬픔을 봉인하고 거기에 홀로 잠겨 있는 일이 아님을 역설한다. 대신 애도가 감정을 교류하고 기억을 축적해 제각각의 슬픔을 연결함으로써 새로운 이야기를 만들어가는 정동의 관계 맺음 형식이며, 이를 통해서만이 도달할 수 있는 사회적 실천임을 말하고자 한다. 이렇게 개인의 고통으로 사유화된 애도를 공공화, 사회화하는 방향으로 이 소설은 서사의 지평을 확장해간다.

「눈부처」는 일월 중순의 양산 통도사를 배경으로 일흔여섯이 된 여자 종선의 고독과 허무를 밑그림 삼아 전개된다. 종선은 "나이 든 여자의 몸과 마음을 이해하지 못"(140쪽)하는 무뚝뚝한 남편과 철없고 이기적인 아들의 무관심 속에 홀로 갱년기를 지나온 인물이다. 가족 여행이라지만 아들은 이혼과 사업에서 실패한 후 부모 집을 담보로 사업자금 대출을 받으려고 호시탐탐 아버지의 인감도장만 노리고 있고, 평생 물류 사업을 한다고 전국을 떠돌며 술과 풍류를 즐기며 살았던 남편은 종선과의 동행 중에도 자기 과시와 젊은 여성에 대한 관심으로 종선을 외롭게 한다.

그러던 중 급한 일로 아들이 상경해버리고 종선과 남편 둘만 남게 된 상황에서 비켜가기만 하던 두 사람의 시선이 마주치는 사건이 생기는데, 요실금으로 화장실을 들락거리던 종선이 바지에 오줌을 싸고 만 것이다. 수치심과 무력감 속에서 도움을 청하는 종선을 위해 남편은 자신의 코트를 벗어 둘러주고 가발을 매만져주면서 종선의 '거울' 역할을 해준다. 긴 세월을 지나 어느덧 "종선을 거울처럼 비추는"(152쪽) '눈부처'가 되어주는 남편을 보며 종선은 일평생 찬 바람 부는 거리를 헤매고 다녔을 남편을 밀어내기만 했던 자신의 무정함과 무심함을 비로소 자각한다. 자신의 고독에 가려 보이지 않던 남편의 고독의 무게를 헤아릴 수 있게 된 것이다. 이것이 바로 일평생 한 방향을 바라보다 어느새 닮아버린 상대방에게서 자신의 모습을 발견하는 눈부처 같은 사랑이다. 이런 사랑이란 상대방을 응시해온 긴 세월과 오랜 습관이 아니면 안 될 일이다.

물론 오래되지 않더라도 감응의 강도에 따라 '바라봄'과 '마주침'에는 다른 세계로 향하는 경이로운 사건이 촉발될 가능성이 잠재되어 있다. 이 소설집의 표제작이기도 한 「고요의 코끼리」는 취약하고 고립된 존재들의 상호 돌봄과 상호의존적 관계 맺음의 정동적 순간을 포착한 적막하고도 아름다운 수작이다.

백 년 만에 폭설과 강추위가 찾아온 겨울 아침에 '유희'와 '유희 씨'의 이야기는 시작된다. 텅 빈 통장 잔고 앞에서 "어떻게 살아가야 할지 모르는 현실"(47쪽)의 무게에 막막해하던 유희는 새 직장을 찾는 동안만 빌라 아래층 여자를 대신해 뇌병변 장애 2급의 32세 남성 유희 씨를 돌보는 일을 맡기로 한다.

사건은 폭설과 강추위로 도로가 마비된 어느 아침에 발생한다. 유희는 다마스 운전석 뒷좌석과 조수석에 각각 유희 씨와 길고양이를 태우고 장애인 보호센터로 향한다. 그러나 정체된 차들로 터널 안에 갇혀 꼼짝도 할 수 없는 상태, 교통 상황을 확인하기 위해 문을 여는 순간 고양이가 눈발 사이로 날아가는 꼬박연을 따라 뛰쳐나가고, 눈 깜짝할 사이 유희 씨가 고양이를 따라 나가버린다. 아이러니한 것은 모두가 떠나버린 텅 빈 다마스 안의 한기 속에서 비로소 유희는 그동안 "자신이 얼마나 외로웠는지, 고양이와 유희 씨가 짧은 시간이나마 얼마나 위안이 되었는지"(58쪽)를 깨닫게 된다는 사실이다.

레비나스에 따르면 '고독'이란 타자가 없기 때문에 생겨나는 특별한 상태가 아니라 자기 동일성의 세계에 갇혀 지내는 까닭에 존재론적 사건이 부재한 데서 발생하는 평범한 불행이다. 타인과의 상호 작용 없이 6평 원룸에 혼자 틀어박혀 있던 유희에게는 자신의 고독을 깨달을 기회조차 없었다. 그리고 이런 유희의 고독은 잠금장치를 풀어내고 가출과 자해를 반복하며 '구타, 구타'를 중얼거리는 유희 씨의 혼잣말, 그리고 "돈 버는 재주가 없"(44쪽)음에도 평생 가내 세탁공장을 운영하며 가족의 생계를 책임져야 했던 아빠의 '음정 박자 맞지 않는 노래'와 유비 관계를 이룬다.

어느 날 문득 가장 졸업을 선언한 뒤 "남은 삶을 코끼리와 지내고 싶다며"(40쪽) 낡은 다마스 한 대만을 남기고 사라진 유희의 아빠는 낯선 나라의 코끼리 보호센터에서 눈먼 코끼리를 돌보며 지낸다. 그러나 아빠와 코끼리의 관계는 일방적이지 않다. 그 눈먼 코끼리 역시 아빠의 혼잣말과 노랫소리에 귀 기울임으로써 아빠의 고독한 생애를 위로해주고 있기 때문이다. 이런 의미에서 이들은 상호의존적인 돌봄의 관계를 형성하고 있다고 할 수 있다.

취약하고 고립된 이들에게 절실했던 건 자신의 고독에 사려 깊게 반응하는 누군가, 혼잣말과 음정 박자가 맞지 않는 노래를 '들어주는' 경청자의 존재였는지도 모르겠다. 경청이 누군가의 내밀한 마음에 귀 기울이고 그 세계에 공명하는 일이라 할 때, 경청은 타자와 연결되어 타자의 취약함을 돌보는 '돌봄'의 윤리와 의미론적으로 맞닿아 있다.

그렇다면 유희가 자신에게 남은 유일한 생존 수단인 다마스를 정체된 도로에 버리고, 연을 따라간 고양이와 고양이를 쫓는 유희 씨를 찾아 달려가는 마지막 장면이 함축하고 있는 질문들은 가령 이런 게 아닐까. 취약한 존재들 사이의 마주침이 어떻게 서로를 감응시키는 순간으로 전환되는지, 타인의 존재에 대한 정서적 감응이 어떻게 상호 돌봄의 역능으로 발휘되는지, 이런 돌봄이 다른 돌봄과 연결되고 연합되어 어떻게 정동의 공동체를 구성하는지, 그리하여 이렇게 엮인 무해한 무위의 공동체가 어떻게 다른 방식으로 우리의 실존적 조건들을 변화시켜가는지.

## 4. 다시 고요한 고독 속으로

지그문트 바우만의 마지막 저서 『문학 예찬』에 따르면, 문학과 사회학은 인간의 실존을 둘러싼 총체적 진실을 풀어내고자 하는 동일한 호기심과 유사한 목적하에 협력하는 샴쌍둥이와 같은 운명으로 엮여 있다.[1] 실존

---

1 지그문트 바우만·리카르도 마체오, 『문학 예찬』, 안규남 역, 21세기문화원, 2024, 34쪽.

의 매 국면에서 감응되고 감응하는 관계들로 '정동의 관계론'을 써 내려가며 세계의 변화 가능성을 질문하는 김동숙의 문학에 '감응의 사회학'이라는 수사를 덧붙일 수 있다면 이런 까닭에서다.

다시, 「고요의 코끼리」의 마지막 부분으로 돌아가보자. 소설은 다큐멘터리 내레이션을 인용해 생존에 유리한 집단 생활을 거부하고 고요한 생활을 하다 홀로 죽음을 맞이하는 아프리카 '고요' 지역 코끼리의 생태를 다음과 같이 소개한다.

> 고요의 코끼리는 어미로부터 독립하면 홀로 길을 떠난다고 합니다. 짝짓기 때를 제외하면 고요한 생활을 즐기다 홀로 죽음을 맞이합니다. 그렇다고 코끼리들끼리 외면하거나 경계하는 일은 극히 드뭅니다. 고요의 코끼리들은 대개 길 위에서 마주친 상대방 코끼리와 긴 코를 부비며 서로의 안녕을 나눕니다.
> 간혹 마주친 상대방 코끼리가 병들어 있으면 그 곁에 머물며 함께 지내기도 합니다. (중략)
> 그러나 그것도 잠시뿐. 회복되거나 회복될 수 없다는 걸 확인하면 다시 각자의 길을 떠납니다. 결국 죽음을 맞이하는 순간도 혼자일 수밖에 없다는 걸 알기 때문일까요? (중략)
> 고요의 코끼리가 잠시 당신에게로 왔습니다. (60쪽)

고요 코끼리의 삶은 나와 타자, 인정과 환대, 경청과 돌봄, 고독과 어울림의 윤리에 대한 은유로 가득 차 있다. 그래서인지 서사의 앞뒤를 액자소설처럼 감싸고 있는 다큐멘터리 내레이션은 이 소설집 전체를 관통하는 작가의 전언으로 읽히기도 한다.

  고요 코끼리들은 타자 쪽으로 기울어져 타자의 정서에 섬세하게 반응하는 정동의 힘으로 함께 고독을 돌파해간다. 이들의 환대에는 상호 간의 차이를 외면하는 폭력적인 동일화나 자신의 우월성을 증명하기 위해 상대를 부정하는 무례한 방식의 자기 확인이 개입하지 않는다. "길 위에서 마주친 상대방"에게 어디서 왔는지 누구인지를 묻지 않고도 "서로의 안녕을 나"눌 수 있고, '잠시' 상대를 자신의 세계 안에 초대해 머물게 하는 것으로 족하기 때문이다. 이런 환대를 경험하고 나면 누구나 자신의 삶이 또 다른 누군가의 경청과 돌봄으로 지탱되고 있음을 알게 되리라. 잠시나마 다른 존재와 연결되었던 그 마음 안에 머물러 위로받았다면, 다시 정갈한 고독 속으로 의연히 돌아가면 될 일이다. 그런 생애란 고요하되 고립되지 않는 법이다.

林廷姸 | 문학평론가, 안양대 교수

수록 작품 발표 지면

가장 최근에 만난 사람 『작가포럼』 2024 여름호 | 고요의 코끼리 한국문화예술위원회 발표지원 선정, 2024 | 노란색 삼선 슬리퍼 『불교문예』 2023 겨울호 | **짠바람이 불고 있다** 『두레문학』 2021 여름호 | **불편한 쪽으로 앉으세요** 『아라문학』 2022 가을호 | 눈부처 제2회 영축문학상 수상, 2020 | 낙원 다푸르로 가는 밤 『한국소설』 2023년 1월호

### 푸른사상 소설선

1. 백 년 동안의 침묵 | 박정선 (2012 문광부 우수교양도서)
2. 눈빛 | 김제철 (2012 문학나눔)
3. 아네모네 피쉬 | 황영경
4. 바우덕이전 | 유시연
5. 당신은 왜 그렇게 멀리 달아났습니까? | 박정규
6. 동해 아리랑 | 박정선
7. 그래, 낙타를 사자 | 김민효
8. 드므 | 김경해
9. 은빛 지렁이 | 김설원
10. 청춘예찬 시대는 끝났다 | 박정선
    (2015 우수출판콘텐츠 선정도서)
11. 오동나무 꽃 진 자리 | 김인배
12. 달의 호수 | 유시연 (2016 세종도서 문학나눔)
13. 어쩌면, 진심입니다 | 심아진
14. 흐릿한 하늘의 해 | 서용좌 (2017 PEN문학상)
15. 붉은 열매 | 우한용
16. 토끼전 2020 | 박덕규 (영문판 출간)
17. 박쥐우산 | 박은경 (2018 문학나눔)
18. 우아한 사생활 | 노은희
19. 잔혹한 선물 | 도명학 (2018 문학나눔)
20. 하늘 아래 첫 서점 | 이덕화
21. 용서 | 박 도 (2018 문학나눔)
22. 아무도, 그가 살아 돌아오리라고 기대하지 않았다 | 우한용
23. 리만의 기하학 | 권보경 (2019 문학나눔)
24. 짙은 회색의 새 이름을 천천히 | 김동숙
25. 수상한 나무 | 우한용 (2020 세종도서 교양)
26. 히포가 말씀하시길 | 이근자
27. 푸른 고양이 | 송지은
28. 다시, 100병동 | 노은희
29. 오늘의 기분 | 심영의
30. 가라앉는 마을 | 백정희
31. 퍼즐 | 강대선
32. 바람이 불어오는 날 | 김미수
33. 사설 우체국 | 한승주 (2022 문학나눔)
34. 소리 숲 | 우한용 (2022 PEN문학상)
35. 나는 포기할 권리가 있다 | 채 정
36. 꽃들은 말이 없다 | 박정선
37. 백 년의 민들레 | 전혜성
38. 기억의 바깥 | 김민혜
39. 마릴린 먼로가 좋아 | 이찬옥
40. 누가 세바스찬을 쏘았는가 | 노 원
41. 붉은 무덤 | 김희원
42. 럭키, 스트라이크 | 이 청 (2023 세종도서 교양)
43. 들리지 않는 소리 | 이충옥
44. 엄마의 정원 | 배명희
45. 열세 번째 사도 | 김영현 (2023 문학나눔)
46. 참 좋은 시간이었어요 | 엄현주
47. 걸똘마니들 | 김경숙
48. 매머드 잡는 남자 | 이길환
49. 붉은배새매의 계절 | 김옥성
50. 푸른 낙엽 | 김유경 (2024 문학나눔, 일어판·체코어판 출간)
51. 그녀들의 거짓말 | 이도원
52. 그가 나에게로 왔다 | 이덕화
53. 소설의 유령 | 이 진
54. 나는 죽어가고 있다 | 오현석
55. 오이와 바이올린 | 박숙희
56. 오아시스 전설 | 최정암
57. 어둠의 빛 | 한승주
58. 무한의 오로라 | 이하언
59. 그날들 | 심영의
60. 옌안의 노래 | 심영의
61. 달의 꼬리를 밟다 | 안숙경
62. 날마다 시작 | 서용좌 (제43회 조연현문학상)
63. 숨은그림찾기 | 최명숙
64. 아모르파티 | 김세인
65. 그래도, 바람 | 우한용
66. 노을의 기억 | 강명희
67. 명자꽃이 피었다 | 김지수
68. 희망, 여기서부터 시작해야겠다 | 김경숙

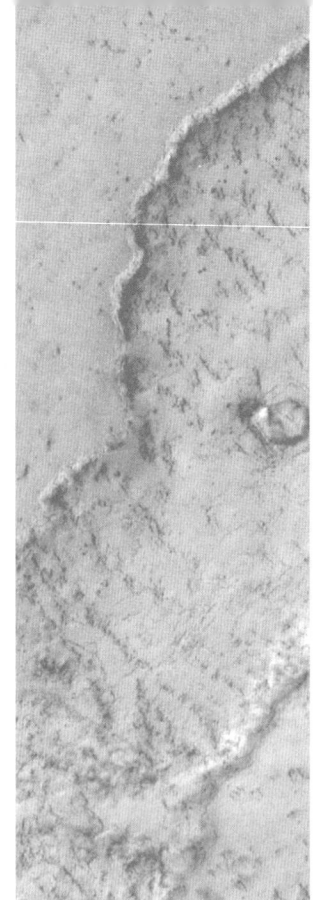

고요의 코끼리